序 言

穿过一丛金色的墨西哥橘，六岁的小红豆头戴粉盔，骑着一辆有辅助轮的浅粉色自行车前行。在她身后跟着三岁的小青豆，蓝色背心、蓝色头盔，滑动着一辆海军蓝滑板车。

在这个温哥华的浅蓝清晨，我望着女儿红豆和儿子青豆的背影，捏紧了久违的轻快心情。此刻我的另一个儿子在太平洋彼岸舒展着拳脚，已经名扬神州、纵横四海，他就是十二岁的——大语文。

那一年际遇喜人，没落的大宋皇裔赵伯奇当时正是北大游泳队队长，俊美倜傥的郭华粹正要从不列颠返回国内，文坛世家陈思正将从哈佛启程，卸任了校学生会主席的朱雅特正要入住北大教育系设在万柳的高级学生公寓，北大辩论队队长"驴火歌王"邵鑫正准备离开校园大展拳脚，而本书的主要执笔人——我表弟张国庆，也正在收拾行囊欲来北京助我成就大事……那一年的我们，大多毕业于北大、北师大的中文系，本有着大不相同的人生规划，却因为我许下了五个耀眼的愿望，如埋下一粒豆子作为种子，我们相聚在一起，簇拥着走出了同一条人生轨迹。

那一年，种瓜得瓜，种豆得神。神奇的大语文诞生。

五个愿望：一愿我们投身于校外教育，把语文课变得有意思；二愿将大语文课程商业化，以丰厚的回报让大语文家庭过上富足而体面的生活，同时也让更多北漂的卓越人才敢于加入大语文战队；三愿大语文课程走向全国，使更多孩子受益；四愿大语文课程进入学校，深度补充和影响校内语文教育；五愿大语文走向世界，吸引更多华裔或其他学习者，使其对中国文学文化乃至世界文学文化产生较浓兴趣。

这是多么光荣的梦想。被商业繁荣笼罩着的华彩世界里，我们愿意燃烧年轻的生命，去照亮大语文，或是做烛去点亮大语文。

十二年后，当我们作为一家颇具潜力的上市公司被广泛关注，当我们回首，原打算用一生去交换的五个愿望竟开始一一实现，我竟然慢慢冷却了心头的欢喜。我对队伍说，我开始不甘心只为绽放一时，我想留下些许我们的代表作，让这些被汗水泪水浸泡着的奋斗产生的价值能够长久留存。

那么，什么才能做到长久留存？战国时期最伟大的弩机大师也随弩的入土而不闻于世，而孟子的浩然之气、庄子的逍遥自由却总让千年后的人们神往；历代精美的琉璃制品、珍珠黄金、烟土枪械、米铺碾坊，都随大江东去，罗摩与神猴、罗密欧与朱丽叶、《西游记》与《水浒传》、雨果与左拉、马克·吐温与杰克·伦敦才会百年千年流传。

锐意进取、诚信无欺，精良的产品确可以建立百年老店。

回归率真、淡泊功利，生动的文化才能够成就千载流传。

放下商业思维，忘记市场需求、获客成本等并无长久意义的盘算，回到我们出发时的初衷：我们为何而来？我们欲往何处？我们只做能够千载流传的好东西。

于是在大语文这个儿子步入青春期之时，我们有了新的憧憬，可以命名为"新五大梦想"。第一，创作完成整套大语文系列丛书，囊括校内学习、文学文化、写作技巧、课外阅读、非母语者的汉语学习等诸多内容，为语文教育和中国文学文化推广普及做出些微贡献。第二，以教育的视角，制作一部部精良的动漫剧集或真人影视剧，使千年来文学文化史上的关键信息和核心内容得以"大河小说"一般地记录。第三，以教育的视角，建立一个个还原各朝代各国家的互动式文化体验馆，以浸入式话剧及其他高科技交互方式使孩子们能够生动浸入体验大语文课本中讲述的各个时空场景。第四，研发一系列语文学科的人工智能学习工具，使学生在学语文时遇到的绝大多数问题能够得以低成本、高精度解决。第五，牵头制定一项标准，该项标准能将所有汉语使用者（包括母语学习者、华裔非母语学习者、其他族裔非母语学习者、使用汉语的计算机软件）的汉语水平（尤其是对汉语背后的文化认知水平）在同一体系内进行评价。

又是一粒愿望的豆子种下去，遥望，又是数十年。不知又一个或几个十二年之后，我们这个队伍能否将"新五大梦想"一一实现。有了"回归率真、淡泊功利，生动的文化才能够成就千载流传"这样的"大语文精神"，我也衷心希望大语文团队能够永秉对语文教育的赤诚之心，将这星星之火种永传下去，不论熊熊烈焰或微弱火苗，皆然。

所幸，多年前我的几位学生，也已陆续加入了大语文战队，看来当年埋在他们少年时代的梦想种子已经发芽。种瓜得瓜，种豆得神。

小红豆喜欢绘画，她说她要和我合作画一本绘本。"会赚很多钱，然后送给你。"她说。我问："爸爸平时也不花钱，要那么多钱做什么呢？"小红豆一笑嫣然，她说："你可以用来制作更多的书啊！"

这真是种豆得神了。

窦昕

2019年8月于温哥华

主编◎窦昕

一套写给中小学生的文学史

"乐死人"的文学史

两汉篇

石油工业出版社

《乐死人的文学史》编委会

主　　编　窦　昕
执行主编　赵伯奇　张国庆　白　玲
名师编审委员会
　　　　　窦　昕　赵伯奇　朱雅特　邵　鑫
　　　　　张国庆　杨宏业　魏梦琦　殷程其
　　　　　许　龙
美　　术　马姗姗

阅读说明

TA这一辈子 再现作家的漫漫人生路,从大文豪的出身家世讲到临终之际。你想知道的名人趣事和八卦,这里应有尽有。

超级访谈 与重量级作家面对面交流,让名家亲自讲述动人的故事。我们耳熟能详的诗篇背后,是一把辛酸泪还是没心没肺的大笑?答案就在《超级访谈》!

特别推荐 《超级访谈》还没看过瘾?《特别推荐》继续由名人为你讲解他的得意之作或者其他大家的千古名篇,揭秘创作背景,透析作品灵魂!

文苑杂谈 深挖作者、作品之外的文学知识。古人怎么取名和字?诗词中曝光率最高的楼阁有哪些?读完《文苑杂谈》,你就是文学常识小百科。

欢 乐 谷 轻松一刻，用搞笑的四格漫画调侃作家或作品。嘘！千万别笑太大声，不然旁边的人还以为你读书读傻了呢！

七嘴八舌 作家的好朋友怎么评价他？作品中提到的人也有话要说？听大家七嘴八舌聊一聊，从不同的角度了解作家和作品。

目录

晁　　错　被腰斩的改革家 / 7

贾　　谊　才华横溢的抑郁症患者 / 23

司 马 相 如　学富五车的负心汉 / 41

董 　仲 　舒　我是老天爷的使者 / 55

东 　方 　朔　爱进谏的幽默大师 / 71

司 　马 　迁　忍辱负重的史官 / 89

扬　　雄　当大官的穷人 / 107

班　　固　会打仗的史官 / 125

张　　衡　啥都会的全才 / 147

祢　　衡　话多还犀利的傲气文人 / 163

古诗十九首　十九朵哀愁的花 / 183

兩汉文坛

秦始皇统一六国，建立了秦朝，按理说，战乱结束，社会安定，人们不必再担忧生活问题，文学应当更加繁荣发展才对。可秦朝偏偏不走寻常路，文学在秦朝不但没有得到发展，反而遭到冷落。最主要的原因就是秦始皇极度缺乏安全感，跟得了被迫害妄想症似的，老觉得有人要抢他的皇位，于是实行严格的文化管制。普通人随便写句诗都可能被安上谋反的罪名，这谁还敢写啊，于是，文学发展就被强行压制了。

等到推翻了秦朝，两汉建立。汉朝皇帝一想，不能走秦朝的老路啊，就推行了许多有利于文化发展的政策。再加上当时社会发展得很快，人们吃得好、穿得好、住得好，也有心思研究文学了，两汉就成了中国历史上文学繁荣发展的时期。

汉代的文学发展，大致可以分成四个时期，分别是初创期、全盛期、中兴期和衰落期。

初创期：辞赋初起

西汉前期是汉代文学的初创期。这一时期的文学受战国时期文学的影响较大，基本上是跟着战国时期学，大部分作品写得气势磅礴、感情激切，内容上也主要是批判秦朝，总结秦朝的历史经验。但也出现了一些新的东西，比如《七发》，就为汉代的代表性文体——辞赋奠定了基础。

全盛期：汉赋、乐府诗全面发展

西汉中期是汉代文学的全盛期。这一时期的文学变得典雅厚重，汉赋发展成熟，出现了一大批有名的辞赋作家。此时也是西汉发展最繁荣的时期，皇帝不太昏庸，政治也不太黑暗，没什么能批判的，文人们只好歌颂皇帝、赞颂朝廷，并且他们也想在这样的环境中建功立业，因此往往把文章写得积极向上、激扬高昂。史传文学的发展也在此时达到了最高点，出现了千古绝唱《史记》。同时，汉武帝把朝廷中管理音乐的机构——乐府发展壮大，让官员收集民间诗歌，形成了乐府诗。

中兴期：辞赋二次兴起

西汉末年到东汉初年，是汉代文学的中兴期。这个时期的文学基本是对全盛期文学的延续，辞赋创作达到第二次高潮，出现了像扬雄、班固这样的辞赋达人，而班固的《汉书》也成了《史记》之后的重要史传作品。但此时的文人们已经不愿意再歌颂王朝了，他们经过了西汉的全盛期，很快找到了新的批判对象，开始批判传统的价值观、鬼神迷信思想、黑暗腐朽的社会等，而且批判力度更大、范围更广，实行无差别批判。

衰落期：短赋兴起

东汉末年，是汉代文学的衰落期。这个时候，汉代

两汉文坛

全盛时用来歌功颂德的大赋已经被文人们抛弃，大家开始写短赋抒情。同时，也有一些辞赋家仍然坚持批判社会，更加关注社会现实，并且在诗赋中表达对人生、命运的思考，把诗文写得越来越华美，为下一个时代文学的发展奠定了基础。

晁　错

被腰斩的改革家

前 200 年—前 154 年

籍　贯：颍川（今河南省禹州市）
代表作：《言兵事疏》
　　　　《守边劝农疏》
　　　　《论贵粟疏》
　　　　《贤良对策》

TA这一辈子

晁错这辈子

晁错是西汉时有名的政治家、文学家,他的文章写得"疏直激切,尽所欲言",连鲁迅都称赞他的文章是"西汉鸿文,沾溉后人,其泽甚远",就是说他的文章不仅在当时很有名,对后世的影响也非常大。

官方认证的"智囊"

晁错是西汉初期的一位政治家,出生于颍川。他年少时就跟随当时的名士张恢学习法家①思想,是最早学习"刑名之学"的人,也就是学习政治法律的人。后来他又跟随90多岁高龄的儒学大家伏生②学习《尚书》,经历了十多年的寒窗苦读,终于学有所成,升级为一个集思想、才华、能力于一身的人。

因为晁错知识渊博、能文善赋,汉文帝十分赏识他,便让他辅佐当时的太子刘启,教导太子学习治国理政的

---

① 法家:先秦诸子中对法律最为重视的一个学派,把法律看作治理社会的重要工具,对现代的法制建设影响深远。
② 伏生:汉代著名的文学家。秦始皇"焚书坑儒"时,伏生将儒学经典《尚书》藏在墙壁中,使其得以保存、流传。

方法。晁错口才出众，每天和太子谈论学问，太子和府中众人对他都很崇拜，还给他起了个外号叫"智囊"。不仅如此，他们对他还十分信任，几乎到了言听计从的地步。

人缘很差的政治家

汉文帝去世后，太子刘启继承皇位，成为汉景帝。作为认识多年的老朋友，景帝很是宠幸晁错，经常单独召见他商讨国家大事，甚至很多法令都让晁错修改或订立，这可让其他大臣忌妒坏了。

晁错上位以后，成天嚷嚷着要改革，为此得罪了不少人。老丞相申屠嘉曾经跟随刘邦一起打天下，不仅辈分高，说话也很有威望。他以晁错擅自凿开庙墙为理由，上书汉景帝请求处死他。晁错伶牙俐齿地为自己辩解，景帝也袒护晁错，申屠嘉被气得吐血而死。

不仅如此，晁错一有机会就劝说景帝削藩①，这遭到了窦婴的公开反对。窦婴是窦太后的族人，窦太后认为汉朝建立前连年战乱，百姓需要休养生息，削藩的风险太大。于是不知不觉间，晁错又得罪了窦太后一派。

---

① 削藩：西汉初期分封了许多藩国，且这些藩国的权力很大。晁错建议削减藩国的封地，限制他们的发展，逐渐加强中央对地方的控制。

除了窦婴，晁错还和袁盎互相看不顺眼。袁盎曾经担任过藩国吴国的丞相，晁错担任御史大夫①后，就派人查处袁盎收受吴王刘濞财物一事，要论罪处罚他。虽然后来景帝下令赦免了袁盎，不过两人的仇算是彻底结下了。

作为一个政治家，晁错可以说是非常成功的，但直肠子的他却不善于处理人际关系，这也直接导致了他死亡的悲剧。

"惨"就一个字

削藩的消息传出后，各个藩国都坐不住了，以吴国、楚国为首的七个藩国打着"诛晁错，清君侧"的口号联合叛乱。几十万大军向长安逼近，汉景帝刘启傻眼了，这可如何是好啊！早就与晁错不和的窦婴、袁盎趁机向景帝进言说："既然诸侯国叛乱是为了清君侧，不如直接杀掉提出削藩的晁错，叛军就没有理由继续攻打长安了。"汉景帝采纳了这个建议，派人骗晁错说要召见他。晁错信以为真，兴冲冲地穿上朝服就上车了，结果被拉到与皇宫方向相反的东市，被刽子手腰斩，连辩护的机

---

① 御史大夫：官名。西汉时，主要负责监察百官，辅佐丞相，相当于副丞相。

会都没有，可谓惨不忍睹啊！

　　晁错死后，七国叛乱并没有停止，后来还是大将军周亚夫带兵征讨叛军，花了三个月时间平息了叛乱。削藩令也慢慢得以推广，并在汉武帝时期严格执行，晁错的政治理想也算得以实现了。

超级访谈

不能操之过急

晁错

您好,请问韩非子先生在家吗?晚辈晁错,有要事相求。

谁啊?我怎……怎么没……没听过你……你啊?

韩非子

晁错

在下晁错,生活在汉朝,出生就比您晚了八十多年。这么多年不见,您怎么还没治好结巴呢?

行……行吧,你找……找我什么……事儿啊?

韩非子

晁错

最近皇帝要召见天下贤良的人,向他们询问治国之策,小生不才,被选中,要准备应对天子的问话,向天子进言。我觉得治国的关键就是要法治,所以写了一篇文章,来请教一下您。

韩非子：哦，这……这样啊，行，那……那你把文……文章拿来，给我看……看看。

韩非子

晁错

好，这篇文章有点长，但我觉得开头最重要，所以还请您先帮我看看文章开头。我是这么写的：

臣闻五帝神对，其臣莫能及①，故自亲事，处于法官之中，明堂之上；动静②上配天，下顺地，中得人。故众生之类亡③下覆也，根著之徒亡不载也；烛以光明，亡偏异④也；德上及飞鸟，下至水虫草木诸产，皆被⑤其泽。然后阴阳调⑥，四时节，日月光，风雨时⑦，膏露降，五谷⑧熟，袄孽⑨灭，贼气息，民不疾疫，河出图，洛出书，神龙至，凤鸟翔，德泽满天下，灵光施四海。此谓配天地，治国大体之功也。

---

① 及：赶得上。　② 动静：指皇帝做的每件事、发布的每条政令。
③ 亡：没有。　　　④ 偏异：偏心、不公。
⑤ 被：承受。　　　⑥ 调：调和。
⑦ 时：按照时节来。⑧ 谷：指谷物。
⑨ 袄孽：妖异灾害。

超级访谈

哦,意……意思就……就是说……听说五……五帝是特……特……特别贤明的……

韩非子

晁错

对,我要表达的意思就是五帝是十分贤明的,他周围的大臣都不如他,所以凡事都亲自过问。他每天在正殿处理国事,在明堂颁布教令。每种措施都是既符合上天的命令,又符合地理条件,还能得到民众的拥护。因此天下万物众生,没有不得到好处的。五帝的光辉远照,执法无私,恩德上及飞鸟,下至草木鱼虫。这样阴阳调和,四时有节,日月光华,风调雨顺,甘露滋润,五谷丰收,妖异灾害除灭,瘴疠贼气不生,人民无病,黄河、洛河分别出现河图、洛书等天象,神龙飞来,凤鸟降落,德泽行于天下,光辉照耀四方。这就是所谓符合天情地意,懂得立国的根本、治国的要理所收到的功绩。

这挺……挺好的啊,没……问题,写得比……比我委……委婉多了。

韩非子

晁错

真的吗？那就行，我还怕没写好呢，真是太谢谢您了。不过，既然我来了，我还想问您一下，我想劝皇帝削弱诸侯王的力量，如果诸侯王越来越厉害，发展得越来越好，就可能会危及皇上的皇位啊。您觉得我怎么劝劝皇帝才好呢？

这我……我可不知道，我……我当初也……也是被秦……秦王给赐……赐了毒酒的，你……你别问我。

韩非子

晁错

唉，说起这个，其实当时给您送了毒酒以后，秦王马上就后悔了，派人去找您，结果您已经喝了酒，来不及了，其实秦王也挺后悔的。

谁……谁知道呢，反……反正我已……已经死了，爱……怎么着就……就怎么着吧，我……劝……劝你啊，可别……别太激……进了，改革要……要根……根据实际……际情况慢慢……慢慢来，不……不能操之过急。

韩非子

晁错

我知道了,谢谢您的指教。不过,改革这事儿要触动太多人的利益,肯定会得罪不少人。像和您生活在同一个时代的那个商鞅,在秦国改革,改革政策倒是挺好的,但是因为他把权贵的利益分给了老百姓,得罪了很多有权有势的人,遇到了特别大的阻力。幸好还有国君秦孝公的支持,改革才进行得差不多。但秦孝公一死,商鞅就被车裂了,相当于五马分尸啊,太残酷了!虽然我觉得改革是必须进行的,但我也挺怕自己最后的结局跟商鞅一样,唉!

自从来到这本书里以后,我看了不少各个朝代的诗,其中有一首我特别喜欢,是比我晚了一千五百多年的宋代一个叫文天祥的大臣写的《过零丁洋》,其中有一句是"人生自古谁无死,留取丹心照汗青"。说得真是好啊!人生在世,谁不会死呢?要是能为了国家而死,青史留名,也不枉一死了。

韩非子

晁错

有道理,改革还是要进行的,要坚定信念!我要再回去琢磨一下怎么向皇帝进言,打扰您了。

特别推荐

广种地，多攒粮

　　唉，现在这世道啊，真是不行了，我前几天出门的时候，还遇到一件特气人的事儿：一个地主和一个农民，俩人在吵架，一问才知道原来这地主强行要买农民的地，那农民肯定不卖，卖了地怎么养家呢？吃什么喝什么呀？可那地主实在是有钱又有势，非要买，幸好被我拦住了。但这种现象肯定不是一个两个啊，我现在拦住了这里的一次，又拦不住别处的，唉。看来还得给皇帝上个奏折，让他好好重视一下这个事情。

　　"圣王在上而民不冻饥者，非能耕而食①之，织而衣②之也，为开其资财之道也。故尧、禹有九年之水③，汤有七年之旱④，而国亡捐⑤瘠⑥者，以畜积多而备⑦先具也。今海内为一，土地人民之众不避汤、禹，加以亡天灾数年之水旱，而畜积未及者，何也？地有遗利⑧，民有余力，生谷之土未尽垦⑨，山泽之利未尽出也，游食之民未尽归农也。"

---

① 食：使……吃。　② 衣：使……穿。　③ 水：水灾。
④ 旱：旱灾。　⑤ 捐：舍弃、抛弃。　⑥ 瘠：（身体）瘦弱。
⑦ 备：准备。　⑧ 遗利：未尽其用的利益。　⑨ 垦：开垦。

我这么写,意思就是说:在圣明的君王统治下,百姓不挨饿受冻,这并不是因为君王能亲自种粮食给他们吃,织衣服给他们穿,而是由于他能给百姓开辟财源。所以尽管唐尧、夏禹在位的时候有过九年的水灾,商汤在位的时候有过七年的旱灾,但国内没有被遗弃和瘦得不成样子的人,这是因为百姓贮藏积蓄的东西多,事先早已做好了准备。现在全国统一,土地之大、人口之多,不亚于汤、禹之时,又没有连年的水旱灾害,但积蓄却不如汤、禹之时,这是什么原因呢?原因在于土地还有潜力,百姓还有余力,能长谷物的土地还没全部开垦,山林湖沼的资源尚未完全开发,游手好闲之徒还没全都回乡务农。

唉,现在的老百姓过得太惨了,真希望皇帝能认真考虑一下我的建议,多开发土地,让老百姓们都过上好日子啊!

历史上的削藩

历朝历代的王爷都是除皇室外最尊贵的人，因此对开国功臣来说，封王封地是对他们最好的赏赐。分封诸侯国本意是为了巩固皇权的统治，但是随着时间的推移，地方藩王的权力越来越大，对皇帝造成了威胁，这时候皇帝再想收回封地可就很难了。于是皇帝们绞尽脑汁，想出各种办法，逐渐减少藩国的土地和权力，限制他们的发展，慢慢把统治权收回自己的手中，这就是"削藩"。

中国历史上有四次有名的削藩：一是西汉景帝削藩，引发了"七国之乱"，仅用三个月就平定了叛乱，确立了中央对地方的权威统治；二是唐朝代宗、德宗、宪宗、穆宗的历次削藩，暴露出节度使制度的弊端，也导致唐王朝被藩镇所灭；三是明朝建文帝削藩，引发了"靖难之役"，被朱棣（明成祖）夺去了皇位；四是清朝康熙帝削藩，引发了"三藩之乱"，历时八年才平定，从而确定了中央对地方的垂直管理。可见削藩并不容易成功，一旦失败甚至要付出亡国的代价。

今天我们先来聊聊汉景帝削藩。汉高祖刘邦分封了

一堆功臣，最初是为稳固朝纲，但弊端越来越明显，所以，早在景帝的老爸汉文帝在位时，就开始筹备削藩了。等到景帝继位时，已经准备得差不多了，朝廷的兵力也足以和藩王对抗，于是他听从老师晁错的建议开始着手削藩，这可引起了藩王的强烈反对。吴国是藩国里实力最强大的，景帝最先开刀的就是吴王刘濞。哪承想刘濞联合其他六位藩王打着"诛晁错，清君侧"的旗号起兵造反了。仓促之下景帝处死了晁错，希望能换取七国罢兵，但战事并没有停歇。大将军周亚夫率兵出征，参加反叛的藩王相继被杀或自杀，历时三个月的"七国之乱"终于被平定了。此后，景帝免除了藩王的行政权和官吏任免权，削减了藩国的官吏，藩王也不能再统治地方的百姓，进一步巩固了中央集权，也给之后的皇帝们提供了一些经验。

七嘴八舌

汉景帝

唉！晁爱卿，你也别怪朕心狠，你不死，叛军不走啊，朕也舍不得你啊！

让……让你慢……慢慢改，你……你不听，要是……慢……慢来，你就……就不会……会死得这……这么早……了！

韩非子

袁 盎

哼，谁让你这么得皇帝的信任，还这么大刀阔斧地改革，我不整你整谁？

扫码听乐死人的故事

贾　谊

才华横溢的抑郁症患者

前 200 年—前 168 年

称　号：贾生

籍　贯：洛阳（今河南省洛阳市）

代表作：《过秦论》

《论积贮疏》

《治安策》（又名《陈政事疏》）

《鹏鸟赋》

TA这一辈子

贾谊这辈子

贾谊是西汉初年著名的政论家、文学家，被人们尊称为贾生，连司马迁都非常佩服他，在《史记》里将他和屈原写在了一起，所以人们也往往把贾谊和屈原合称为"屈贾"。

有才有什么用？还不是要被贬

跟大部分著名文人一样，贾谊年轻时就非常有才。十八岁的时候，他就因能诵诗书、会写文章而闻名当地，当时河南郡的太守吴公听说了他的名声，把他召去当官，非常器重他。

过了不久，汉文帝登基，在全国各地网罗人才，听说河南郡吴公政绩是全国第一，将河南郡治理得极好，就把他召去当廷尉。吴公又很热心提拔后辈，就向汉文帝推荐了贾谊，说他虽然年纪不大，却通晓诸子百家，是个难得的人才。就这么着，贾谊被召进宫里，做了博士①。

---

① 博士：古时为官名。秦汉时是掌管书籍文典、通晓史事的官职，后成为学术上专通一经或精通一艺、从事教授生徒的官职。

这时的贾谊，才二十多岁，是博士里最年轻的。每次汉文帝下令讨论什么问题，别人都还没想好怎么回答，贾谊就能说得头头是道。这让汉文帝很赏识他，破例提拔，让他当了太中大夫。

俗话说树大招风，贾谊出尽了风头，自然会招人忌妒。当时的绛侯周勃、灌侯灌婴、东阳侯张相如、御史大夫冯敬就在汉文帝面前说贾谊的坏话，诋毁贾谊。汉文帝耳根子又软，没听几句就疏远了贾谊，让他去做长沙王太傅。

原来我只是算命的

贾谊虽然被调到了长沙，但因为他实在太有才了，只过了三年，汉文帝就把他从长沙召回了京城。贾谊回来以后，立刻去朝见汉文帝。当时，汉文帝正在祭祀，就在宣室里接见贾谊，向他询问关于鬼神的事情。贾谊也是个奇人，连这种问题都能一一回答出来。汉文帝听得津津有味，身体不自觉地前倾，都坐到了座席的前端。二人一直谈到深夜，汉文帝感叹道："吾久不见贾生，自以为过之，今不及也。"就是说汉文帝很久没见到贾谊，还以为自己的学问已经超过他了，现在一看，还差得远呢。于是，汉文帝任命贾谊当了梁怀王的太傅。虽然得

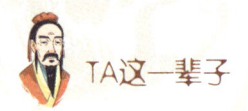

到了汉文帝的赏识,但对贾谊来说,满腹才华却只能用来回答这样的问题,还是挺憋屈的。

后来,唐代大诗人李商隐还专门为这事儿写了一首诗,名叫《贾生》:"宣室求贤访逐臣,贾生才调更无伦。可怜夜半虚前席,不问苍生问鬼神。"感叹贾谊的一腔热血、满腹诗书不能用来治国安民,反而用来回答关于鬼神这虚无缥缈的事情。

我觉得我有点抑郁

梁怀王刘胜是汉文帝的小儿子,很受汉文帝的喜爱,连《史记》中都说他是"爱幸异于他子",也就是说梁怀王受到的宠爱比其他皇子都要多。再加上刘胜又很爱读书,经常向贾谊请教,所以贾谊做了梁怀王太傅后,日子过得还算滋润。

但好景不长,公元前169年,也就是贾谊32岁那年,他跟着梁怀王一起入朝,觐见汉文帝。结果梁怀王骑马的时候,竟然不小心从马上摔下来,去世了。按理说,这事儿和贾谊没什么关系,但贾谊还是觉得自己身为太傅,没有尽到管好梁怀王的责任,为此深深自责,经常哭泣,心情十分忧郁。一年以后,贾谊就在忧郁难过中去世了,年仅33岁。

潇洒自在才是正道

鹏鸟

贾谊！贾谊！出来出来，我听说你写了一篇关于我的赋，快快快，快念给我听听！

啊！你谁啊？长得这么像猫头鹰，肯定不吉利，赶紧的，离我远点儿！

贾谊

鹏鸟

嘿！你这是翻脸不认人啊？你忘了，你在长沙做长沙王太傅的时候还见过我呢。什么吉利不吉利的，你那是封建迷信！

哦，我想起来了，是你啊……但你还是离我远点儿，我死得那么早，说不定就是因为遇见你了呢。说吧，你来干吗？赶紧说完赶紧走！

贾谊

鹏鸟

我听说你在长沙见过我以后就写了一篇《鹏鸟赋》？就特意来听听你怎么写的，要是敢说我坏话，我就啄死你！

贾谊

你这也太自恋了,而且我主要写的也不是你!你仔细听着啊:我在长沙做太傅的第三年,一只鹏鸟飞到了我的房子里。鹏鸟长得很像猫头鹰,是不祥的鸟。而我呢,正好被贬到了长沙,长沙气候潮湿,又看到不祥的鸟,就觉得自己活不长了,于是写了一篇赋来自我安慰。

"谊为长沙王傅三年,有鹏飞入谊舍,止于坐隅。鹏似鸮[①],不祥鸟也。谊既以谪居长沙,长沙卑湿,谊自伤悼,以为寿不得长,乃为赋以自广。"

鹏鸟

这是序文,赶紧说正文啊。

贾谊

这不是为了告诉大家背景嘛。看见这么一只鸟飞进来,我觉得很惊讶,再加上我当时被贬,心情不爽,就觉得这鸟是不是有什么预兆。我去查书,果然,书里说:"有野鸟进入房屋,主人即将离去。"我就问这鸟:"我将要到哪里去呢?如果有好事,请你告诉我,如果有不好的事,也

---

① 鸮:我国古代对猫头鹰一类鸟的统称。

请你告诉我。"但鸟毕竟只是鸟,它昂起头张开翅膀,却不能说话,所以我只能猜测它心中的答案。接下来的内容就是我想象中的自己和鹏鸟的对话。

鹏鸟

对对对,我那时候还不能像现在一样说话。不过,你怎么知道我心里的想法?

贾谊

我不知道啊,我虽然说是用你心中所想来回答,但实际上还是我自己的思想,就是自己安慰自己罢了。我当时是这么想的:世间万物的变化本来就不会停止。"祸兮福所倚,福兮祸所伏;忧喜聚门兮,吉凶同域。"也就是福是祸的原因,祸是福的根源,忧和喜聚集在一门之中,吉和凶也在同一个区域。比如春秋战国时期的吴国很强大,但最终吴国的君主夫差却被打败了,而越国栖息于会稽山那样偏僻的地方,越国的君主勾践却称霸于世。福和祸相互依附纠缠,如同绳索绞合在一起,天命不可解说,谁能知道其中的究竟呢?人的生死都有命运,哪能预知它的期限!

鹏鸟

哦?万物时时刻刻都在变动转化,这不是道家的思想吗?

贾谊

对，这其实就是我从道家那里学习到的。世间万物总是在变化，这一刻是福，说不定下一刻就是祸，现在高兴了，说不定过会儿就忧伤，这些东西就是纠缠依附在一起的。而人无法把握天道命运，既然这样，不如顺应万物的变化，不要在意生死，去掉好恶之心，无欲无求，逍遥自得，拥有乐观豁达的精神世界，那么，等死亡到来的时候，就能很平静地接受了。

鹏鸟

你说得这么好，可并没有做到啊。你那么有才华，最后竟然因为过于忧郁而去世，活得还不如我潇洒自在呢！

唉，你说得对，算了，不纠结了，我还是去喝酒吧！

贾谊

特别推荐

施仁义者得天下

汉武帝，大家都知道吧，他爹是汉景帝，他爷爷是汉文帝，我就生活在汉文帝时期。虽然汉文帝和汉景帝执政期间被后人称为"文景之治"，是汉朝所谓的"太平盛世"，但其实社会并不那么太平。当时，不少权贵人家都去抢老百姓的土地，百姓们失去了土地，没有吃没有穿，还得缴很重的赋税，生活很艰苦，对统治者也特别不满。

再加上老有一些外族人蠢蠢欲动地想来占点便宜，我担心得不得了，想向皇帝上谏吧，怕他不听；不上谏吧，又于心有愧。想来想去，不如就拿西汉之前的秦朝来说事儿，前车之鉴嘛，我就写了《过秦论》献给皇上，希望皇上能"观之上古，验之当世，参之人事，察盛衰之理，审权势之宜"，也就是考察上古的历史，以当代的现状加以印证，还要通过人事加以参考，从而了解兴盛衰亡的规律，详知谋略和形势是否合宜，从而使汉朝兴盛繁荣、长治久安。

《过秦论》总共有上中下三篇，但上篇是最有名的，那我就只说说上篇吧。一开始，我肯定要讲讲秦朝的伟大功绩。秦朝从秦孝公开始，占据着崤山和函谷关的险固地势，又有商鞅辅佐进行变法改革，很快就强大起来了。秦孝公去世后，惠文王、武王、昭襄王承继先前的基业，沿袭前代的策略，继续进行扩张。

随着秦日益扩张，韩、魏、燕、楚、齐、赵、宋、卫、中山等诸侯国也不甘心，就图谋一起攻打秦国。尽管他们联合起来实力很强，却也没有打败秦国。秦始皇继续发展前辈留下的功业，"履至尊而制六合，执敲扑而鞭笞天下，威振四海"，他登上皇帝的宝座统治天下，用严酷的刑罚奴役天下的百姓，威风震慑四海。

等到秦始皇去世后，他的余威依然震慑着边远地区。可是，陈涉不过是个用破瓮做窗户、用草绳做户枢的贫家子弟，是游民、奴隶一类的人，后来才做了戍边的士卒，其才能连普通人都比不上，没有孔丘、墨翟那样贤德，也不像陶朱、猗顿①那样富有。但他藏身于戍边士卒的队伍中，从田野间突然奋起发难，率领着疲惫无力的士兵，指挥着几百人的队伍，掉转头来进攻秦国，砍下树木作为武器，举起竹竿当作旗帜，天下豪杰像云一样聚

---

① 陶朱、猗顿：陶朱和猗顿都是天下有名的大商人，非常富有。

集,回声般地应和他,许多人都背着粮食,如影随形地跟着他。于是崤山以东的英雄豪杰一齐起义,消灭了秦国。

这下问题来了,当时的齐、楚、燕、赵、韩、魏等国的国力都比陈涉所率领的士兵强大,国君也比陈涉尊贵,谋士也比陈涉的军师聪明,可这些诸侯国都被秦国吞并了,而陈涉这么弱小,为什么能灭掉秦国呢?最关键的原因就是"仁义不施而攻守之势异也",秦国不施行仁政而使攻守的形势发生了变化。这就是我这篇文章的中心了。

因此,我要告诫皇上,仁义才是治理天下的正道,不管是攻还是守,是强还是弱,心中始终都要有仁义,要以仁爱之心对待百姓,国家才不会灭亡啊!

我可是有钱人

贾谊在《过秦论》中提到了中国古代的两位巨富：陶朱公和猗顿。陶朱公的真名叫范蠡，是中国早期商业理论家，被后人称为"商圣"。猗顿则是陶朱公的学生，他大畜牛羊，又兼营盐业，对山西南部地区的畜牧业和河东池盐的开发都发挥了十分重要的作用。但是，中国古代有名的富人可不止这两个人，单说西晋，就有两个特有名的有钱人。

西晋时期有个叫石崇的人，他爹是西晋的开国元勋石苞，家世特别好的他，年纪轻轻就当了大官。可是呢，他当官不好好当，老想着发财，在做荆州刺史的时候，竟然派人抢劫客商。因为他爹特厉害，没人敢管他，他就靠着抢劫成了当时的巨富。他当了富翁以后，马上就建了一个大园子，用珍珠、玛瑙、琥珀、犀角、象牙等贵重物品将园子打扮得金碧辉煌，起了个名叫金谷园。据《世说新语》记载，他把厕所都修得极美，"置甲煎粉、沉香汁之属，无不毕备"，准备了各种香水给客人洗手洗脸，客人上厕所的时候，有十多个女仆站在一边，"皆丽服藻饰"，都穿着锦绣，打扮得艳丽夺目，排队侍

候客人上厕所。想想看，你上厕所的时候，马桶都是金的，上面镶着钻，旁边还有十几个女子站着看，多尴尬啊！这还不算，客人上过厕所后，这些女子会让客人把身上原来穿的衣服脱下，侍候他们换上新衣。但凡上过厕所，衣服就不能再穿了。按他这习惯，上一次厕所扔一次衣服，家里没点钱的人都不敢上厕所了！

当时还有一个叫王恺的人，是晋武帝的舅舅，也特有钱。他和石崇互相看不起，经常斗富。王恺要是吃完饭用糕饼当抹布擦锅，石崇就用蜡烛当柴烧；王恺用紫丝布做布障，衬上绿绫，长达四十里，石崇就用锦缎做

布障，长达五十里；王恺用赤石脂涂抹墙壁，石崇便用珍贵的香料磨成粉抹墙。有一次，晋武帝送给王恺一株两尺多高的珊瑚树，《世说新语》记载是"枝柯扶疏，世罕其比"。王恺得意得不行，专门拿去给石崇看，石崇一看："哟，你小子专门来我这儿炫富是吧？我就不让你炫！"接着，石崇随手一砸，就把这株珊瑚树砸坏了。王恺气坏了："你竟然因为忌妒我就把皇帝赐给我的东西打碎了！你赔我！"石崇马上让仆人将自家的珊瑚树拿出来，"有三尺、四尺，条干绝世，光彩溢目者六七枚"。石崇说："你这两尺高的算啥啊，我这三四尺的这么多，我都没说啥！"王恺又气又羞，只好灰溜溜地走了。

后来，石崇被政敌攻击，他的父母、兄长、妻子、儿女等十几个人都被杀了，在临死前，他终于意识到："奴辈利吾家财。"也就是那些人因为他大肆炫耀而贪图他的钱财，才害死了他。而王恺因为是皇亲国戚，没有人敢迫害他，但他去世后，后人给他的谥号是"丑"，批评他依仗着自己的地位作威作福，为非作歹。

欢乐谷

七嘴八舌

鹏鸟

哈哈哈哈哈,能被大文学家写进自己的作品里,真是不枉鸟生了!

你进谏就进谏,干吗老拿我做例子啊,我不要面子的呀?

秦始皇

李商隐

贾兄,我可太同情你了,这么有才,却只能跟皇帝讲讲鬼神的事儿,太惨了。

扫码听乐死人的故事

39

司马相如

学富五车的负心汉

约前 179 年①—前 118 年，原名司马长卿

称　号：辞宗、汉赋四大家之一
籍　贯：蜀郡成都②（今四川省成都市）
代表作：《子虚赋》
　　　　《上林赋》
　　　　《封禅文》
　　　　《难蜀父老》

---

① 关于司马相如的生年，学界说法不一，此处采用以刘开扬先生的观点为代表的主流说法。
② 一说司马相如出生于巴郡安汉（今四川省南充市蓬安县），此处取《史记》所载。

司马相如这辈子

司马相如是西汉时期著名的辞赋家,后人都称他为"赋圣""辞宗",连鲁迅先生都将他和司马迁相提并论,说:"武帝时文人,赋莫若司马相如,文莫若司马迁。"

蔺相如的小迷弟

司马相如本名司马长卿,他的父母为了他能健康长大,还特意给他起了一个低贱的小名叫"犬子",类似今天的"二毛""小胖"。长大后的司马相如有了偶像包袱,觉得这个名字实在难登大雅之堂,再加上他一直十分仰慕蔺相如的为人,一心想成为像他一样智勇双全的人,便自己改名为"相如"。后来,他果然在文学史上留下了浓墨重彩的一笔,还被太史公司马迁当成偶像,可以说追星的最高境界就是自己也变成了偶像。

混官场,有才华就够了

汉代最流行的文学样式是赋①,身为公认的汉赋大家,司马相如取得了非常高的文学成就,也依靠自己出众的才华在官场上步步高升。

司马相如早年家境不错,年轻时花钱买了一个郎官②的职位,做了武骑常侍③。但他本身并不喜欢当官,在朝廷中也得不到赏识,就借口生病辞了官。后来司马相如投奔了梁孝王,写出作品《子虚赋》,但当时汉景帝不太喜欢赋,司马相如一直得不到青睐。汉武帝刘彻继位后,看到《子虚赋》非常喜欢,本以为是古人写的,还遗憾无法见到作者,后来得知是司马相如所作,欣喜地立刻召他上京。司马相如心想,汉武帝简直是我的伯乐呀!于是又作了一篇文采更加出众的《上林赋》,将汉朝的壮丽山河尽收笔端,还不忘劝谏说理,可谓用心良苦。

---

① 赋:我国古代的一种文体,讲究文采、韵律,兼具诗歌和散文的性质。
② 郎官:秦汉官职,有议郎、中郎、侍郎、郎中四等,以守卫门户、出充车骑为主要职责,亦随时备帝王顾问差遣。
③ 武骑常侍:随皇帝车驾游猎的官员,常常跟着皇帝射猎猛兽。

 TA这一辈子

果然，汉武帝被司马相如的才华所征服，立即对他封官重用。

被文学掩盖的外交天才

汉武帝想加强对西南地区的统治，便命令唐蒙去开通夜郎①。唐蒙杀了几个当地的首领，还征收了不少巴蜀百姓，给民众造成了很大的恐慌。司马相如深受汉武帝的信任，奉命出使西南地区安抚百姓。他拿起笔，以文字作为武器，写下了著名的《谕巴蜀檄》，一方面斥责唐蒙、维护皇帝，一方面教育民众、循循善诱。民心很快安稳了下来，司马相如只用一篇文章就圆满地完成了任务。

第二年，司马相如更是全权出使西南地区，处理少数民族归化汉朝的事宜。蜀地百姓听说这个消息都十分激动，官吏纷纷出城相迎。司马相如又写下了《难蜀父老》，晓之以理动之以情，再次平复了西南地区。后人往往只注意到司马相如的文学成就，却忽略了他的外交才能，殊不知一代文豪也能成为"安边功臣"。

---

① 夜郎：中国西南地区由少数民族先民建立的第一个国家。

给你讲讲这盛景

后世读者

哇！司马先生，您看这《天子狩猎图》，好壮观啊！原来天子狩猎的时候是这样的啊！

不错不错，画得栩栩如生，点个赞！不过呢，要我说哈，比起我写的赋来，还是有那么一点逊色的！

司马相如

后世读者

哦！我知道，《上林赋》，对吧？我还知道您之前写过一篇《子虚赋》，是写给梁王刘武的，《上林赋》是接着《子虚赋》写的，是写给汉武帝的。而且您这赋是用"子虚先生""乌有先生""无是公"三个人的对话形式写的，人名合起来就是"子虚乌有"，"无是公"就是没有这个人，真有意思！

没错，但我这赋的特点可不光是这些，更精彩的是内容，要不然也不能让汉武帝赏识我啊！人家可是皇帝，又不是傻子。

司马相如

超级访谈

后世读者

啊？这，我不知道哇。要不，您给我讲一下？我请您吃炸鸡！

吃吃吃，就知道吃！《上林赋》里写的东西可多了，我先是好好描绘了一番上林苑中的河流、草木、水产、走兽、台观，接着渲染了天子射猎的非凡技艺，最后还写了天子猎余庆功、设置酒宴的奢侈场面。

司马相如

后世读者

您真是太有才了！这么说来《上林赋》就是一篇赞美天子的彩虹屁喽？

这你可说错了，我写这篇赋不光想要歌颂天子的威仪，展现我们汉朝的兴盛繁荣，其实结尾还有许多讽刺劝谏的话呢。我的真正意图是劝告汉武帝不要过于沉迷田猎、铺张浪费。

司马相如

后世读者

原来还有这层深意啊，您快给我讲讲！

就知道你们看不懂，让我细细道来。虽然前面描绘了许多奇景盛况，但我真正想表达的道理

司马相如

都在结尾部分了。比如"于是酒中乐酣①,天子芒然②而思,似若有亡③。曰:'嗟乎,此大奢侈!朕以览听④馀闲,无事弃日⑤,顺天道⑥以杀伐,时休息于此⑦,恐后世靡丽⑧,遂往而不返⑨,非所以为继嗣创业垂统也。'"这其实是说,打猎实在太过奢侈了!皇帝在听政之余,虚度时日,顺应季节而狩猎,时而休息于上林苑。这虽于当前国事无关紧要,但将来后世若效仿失度怎么办?如果延续下去而不能控制,这就不是给后代创造勋业留下什么好传统了。希望能借这样一番话点醒汉武帝!

后世读者

原来是这样啊,我懂了,真佩服您!我现在就回去仔细读读《上林赋》!我走了,司马先生再见!

唉,你别走啊,说好的炸鸡呢?骗子!

司马相如

---

① 酒中:酒喝到半酣时;乐酣(hān):乐奏到酣畅时。
② 芒然:怅然。
③ 似若有亡:若有所失。
④ 览听:听政。
⑤ 弃日:虚度时日。
⑥ 顺天道:顺应大自然季节变化。
⑦ 此:上林苑。
⑧ 靡丽:奢华。
⑨ 往而不返:沉溺于奢靡生活,不知回头。

特别推荐

您可少打几次猎吧

虽然汉武帝是历史上有名的明君，治理国家特别厉害，但他也特别奢侈，很喜欢打猎，经常去猎场，一去就是好些天。为了追求刺激，他还在猎场里放了不少黑熊、野猪等凶猛动物，再亲自猎杀这些猛兽。每次他去打猎，朝廷里不少大臣都吃不好睡不好，提心吊胆的，生怕他被野兽吃了。老是这样也不行啊，想来想去，不如发挥我的才能，写一份谏书给皇帝，也许能让他少打几次猎。所以啊，我就写了《上书谏猎》这篇文章。

当然了，我可不能一开始就说"您不能再去打猎啦"之类的话，劝谏得委婉。先给皇帝介绍几个大力勇士：乌获、庆忌、孟贲、夏育。人类里面有勇士，兽类中也会有特别勇猛有力的，这样一来，就把话题成功转移到正题上了。野兽凶猛，陛下又特别喜欢射猎，要是路上遇到猛兽冒犯了圣驾，这可如何是好？就算有勇士的机敏和力量也施展不开啊，危险程度堪比外族人来刺杀您啊！

当皇帝就要有皇帝的样子，身份这么贵重，就不应该到可能发生危险的地方游玩打猎，不仅劳民伤财，还

特别推荐

惹得臣子们提心吊胆。

盖明者远见于未萌,而知者避危于无形,祸固多藏于隐微而发于人之所忽者也。故鄙谚曰:"家累千金,坐不垂堂①。"此言虽小,可以喻大。

要我说,聪明的人在事端尚未萌生时就能预见,智慧的人在危险还未露头时就能避开,灾祸本来就多藏在隐蔽细微之处,而爆发在人忽视它的时候。俗话说得好:"家里积聚了千金,人就不坐在靠近屋檐的地方,以防屋瓦坠落伤身。"说的虽然是小事,也可以引申到大问题上。

唉,真希望皇帝能听我的话,打猎又费财力又费民力,实在是太奢侈了,治理国家还是要节俭一点才行啊!

———
① 堂:堂檐。

文苑杂谈

司马相如，你这负心汉

司马相如是个有名的才子，他的老婆也是个很有名的才女。当年梁王刘武去世以后，司马相如回到四川，与当地临邛郡的郡守王吉关系很好，就住在王吉那儿。临邛有个有钱人，名叫卓王孙，听说郡守那儿有贵客，就想请贵客吃饭，和他交个朋友。司马相如本来不想去，认为自己是个文化人，不屑与卓王孙这种土豪做朋友！但是，郡守王吉亲自来请司马相如，没办法，司马相如只能赴宴了。到了宴席上，王吉邀请司马相如弹首曲子，司马相如一想，来都来了，不弹也说不过去，就答应了。

卓王孙有个女儿叫卓文君，之前嫁了人，后因丈夫命短又回了娘家。这次宴请，她正好在后堂听到司马相如的琴声，就好奇地探出头来看。司马相如正弹着琴呢，看到了正在偷看的卓文君，瞬间就被迷住了。他马上换了一支名叫《凤求凰》的曲子，暗含男子追求心爱女子的意思，卓文君一下子就听出来了。等宴席散了，司马相如找到卓文君的婢女，通过她向卓文君表达爱意。于是，郎有情妾有意，卓文君就从家里跑了出来，和司马相如私奔到了成都。私奔这事儿放到现在都算是大事一桩，更别说在古代了，虽说那个时期对女子的要求还不算太高，但也有一定的礼法约束，因此，卓文君和司马相如私奔可是非常有失礼法的。

卓王孙知道女儿和司马相如跑了，气得要死，但也没办法啊，谁让他当初非要请司马相如来做客呢。但是女儿跑都跑了，就算找回来，女儿的名节也坏了，还不如不找，卓王孙也就没有寻找卓文君。卓文君跟着司马相如回到成都，才发现他特别穷，家里啥都没有，这可怎么办？实在生活不下去了，夫妇二人就又到了临邛，向卓文君的兄弟姐妹们借了一点钱，开了一家酒馆。卓文君当了老板娘，专门负责卖酒，而司马相如当小二，负责洗盘子洗碗。卓王孙知道自己那么宝贝的女儿竟然抛头露面地卖酒，又生气又心疼，最后还是给卓文君送去了许多仆人和钱财。于是，卓文君就和司马相如一起回到成都，过上了富足的生活。

可是没过多久，司马相如就到京城做官了。临走之前，说好了过几个月就来接卓文君。可卓文君等了好几年，司马相如都没有来，最后还给卓文君写了一封信，大概就是说："我要纳妾了，不想要你了，你就在家老老实实待着吧。"卓文君一看，气坏了，这简直是一个忘恩负义的白眼狼！于是她马上写了一首诗寄给司马相如，诗的前两句是这样的："皑如山上雪，皎若云间月。闻

文苑杂谈

君有两意,故来相决绝。"意思就是爱情应该像山上的白雪、云间的明月一样纯洁,既然你对我有二心,那我也要和你决裂。司马相如看了,羞愧得不得了,就再也不敢说纳妾的事儿了。

七嘴八舌

汉景帝

这《子虚赋》写的是啥？司马相如又是谁？不知道，不认识，不管他，爱干啥干啥。

竟然敢跟我说分手？胆子不小啊，我这就写首诗，好好教育你一顿，看你还敢不敢再纳妾！

卓文君

汉武帝

我是皇帝我任性，想抓熊就抓熊，想射野猪就射野猪，你管得着吗！

扫码听乐死人的故事

董仲舒

我是老天爷的使者

前 179 年—前 104 年

称　号：董夫子

籍　贯：西汉广川（今河北省景县广川镇）

代表作：《春秋繁露》

　　　　《士不遇赋》

　　　　《天人三策》

　　　　《举贤良对策》

TA这一辈子

董仲舒这辈子

董仲舒是西汉时有名的哲学家,他吸收了各个学派的理论,创造出一个以儒家宗法思想为核心的新的思想体系,得到汉武帝的赏识,使儒家学说成了中国社会的正统思想,影响长达两千多年。

请叫我"学习委员"

董仲舒是中国历史上的大牛人,但他可不是天生就厉害,而是从小就聪明又勤奋。他爸曾经在家里修了一个小花园,想让董仲舒学习累了就去花园里休息一下。可是,从这花园动工到百花盛开,再到百花枯萎,董仲舒都没有看过这花园。一年中秋节,他们一家人在花园里摆了桌椅板凳,围坐在一起吃月饼看月亮,刚开始,董仲舒还乖乖地坐在那儿陪着大家,没一会儿,他爸就发现董仲舒不见了,后来才发现董仲舒已经偷偷跑回自己的书房,坐在那儿看书呢!整整三年,董仲舒都没有好好地看过这个花园。"目不窥园"这个成语,就是形容董仲舒的勤奋和专心，后人用这个成语来形容专心致志，埋头苦读。

机智的"大一统"守护者

董仲舒出名了以后，曾被汉武帝派到江都易王刘非那里为他出谋划策。刘非是汉武帝的哥哥，这个人啊，不仅十分粗鲁，脾气还很差，但他知道董仲舒是个大名鼎鼎的儒者，并能纠正他的错误，所以他不但没有为难董仲舒，还对董仲舒非常敬重，并把董仲舒比作辅助齐桓公的管仲。要知道，管仲可是春秋时期大名鼎鼎的人物，在他的辅佐下，齐桓公改革强兵，成为春秋五霸之首。刘非对董仲舒寄托了这么高的期望，希望他能够尽心尽力辅助自己，帮助他篡夺弟弟的皇位。

但我们的董仲舒可是一位有职业道德的"春秋大一统"守护者，他希望国家统一，没有战争。于是，他面对刘非这种无理的要求，机智地讲了一个故事："仲尼之门，五尺之童羞称五伯，为其先诈力而后仁谊也。"孔子的弟子即便是看起来不懂事的小毛孩都羞于提到"五

TA这一辈子

霸",因为"五霸"是利用欺诈的手段称霸之后再实行仁义。董仲舒这样机智地暗示刘非应该用高尚的品德来教化民众,而不是搞称霸和内乱。经过董仲舒的劝导,刘非一改之前的奢靡生活作风和危险的篡位思想,变成了一个为国家尽心尽力的忠诚臣子。

有偶像光环的神秘老师

董仲舒曾经招收了大批学生,并向他们精心传授儒学。不过,他授课有一个很大的特点,要在学堂里挂上一幅帷幔,他在帷幔里面讲,学生在帷幔外面听。

这样一来,好多学生虽然跟着他学习了好多年,却连他长什么样子都不知道。但董仲舒用他博学的知识给同学们讲课,为汉代培养了一大批优秀的"董门毕业生",有的学生到藩国求得丞相一职,有的学生在中央担任要职。

教出来的学生都这么厉害,董仲舒这个老师的名气也就一天天地上涨,以至于几乎所有人都知道了这个不爱露脸的神秘老师。他在汉景帝在位时期当上了博士，负责掌管图书，并为大家讲课答疑，就像今天的图书管理员与老师的结合体。董仲舒的行为举止都十分儒雅得体，所以，很多读书人都喜欢他、尊敬他，并且拜他为师。

超级访谈

"天人感应"是什么

董夫子!董夫子!走慢点儿,等等我!别跑啊!

你是谁?我可告诉你,现在是法治社会,跟踪别人是犯法的。你要是再跟着我,我就报警了!

哎呀,您别误会,我是您的粉丝啊,我叫朱熹,是宋朝人,好不容易才在书里跨越历史见到了您,真是太高兴了!

行吧,那我给你签个名,你赶紧走,我还打算回去再修改一下我的《春秋繁露》呢。

不不不,我来找您可不是要签名的,而是想请教一个关于您文章中的问题。

 超级访谈

哦？看不出来啊，你看过我的文章？行，有什么问题，问吧。

董仲舒

朱熹

想当年，太后驾崩之后，汉武帝独揽大权，想要重新推行没有完成的政策，在全国各地寻找有才能人士。您就在那个时候，被推举参加了与皇上面对面的问答。汉武帝一连问了您三个问题，您都回答得特别好，听说您的这些回答中充满了儒家的大一统思想主张，被皇上大加赞赏。这三次回答，还被后人整理成了一篇文章，叫作《天人三策》。我知道您在《天人三策》里论述了"天人感应"的理论，也因此确立了儒家的正统地位，但我没有看过详细的内容，所以就想问一下您具体是怎么阐释的，好让我瞻仰一番。

这样啊，后人之所以把这篇文章取名为《天人三策》，可能就是因为我这三次对话的主要内容是围绕着天和人的关系展开的吧。在天和人的关系上，我是这么说的："**国家将有失道①之败②，**

董仲舒

---

① 失道：违背道德。
② 败：坏事。

超级访谈

而天乃①先出灾害以谴告之,不知自省,又出怪异以警惧②之,尚③不知变,而伤败乃至。以此见天心之仁爱人君而欲止其乱④也。"意思是,"天"就像有一双眼睛,时时刻刻监视君主的一举一动,这样就达到限制君主行为的目的,好让他时刻反省自己的过失。

朱熹

这个方法可真是太好了!既限制了皇上的行为,又给足了皇上面子,简直机智!您快接着讲,在这文章中您还说了什么?

然后,我说了一系列实现天人和谐的方法,比如"**道者,所繇⑤适⑥于治之路也,仁义礼乐皆其具也。**"大意为,天道,就是使国家走向大治的途径,而儒家的仁义礼乐,是推行天道的具体方法。

董仲舒

国家的治乱关键在于国君,巩固一统就必须尊君。于是我建议君主:"**故为人君者,正心以**

---

① 乃:就。
② 警惧:警告。
③ 尚:还。
④ 乱:祸乱。
⑤ 繇:同"尤",从,由。
⑥ 适:去。

正朝廷，正朝廷以正百官，正百官以正万民，正万民以正四方。"意思是说：君主先正心才能正朝廷，正朝廷才能正百官，正百官才能正万民，正万民才能正四方。

而且教育问题对一个国家而言十分重要："立太学以教于国，设庠序①以化②于邑③，渐④民以仁，摩⑤民以谊⑥，节⑦民以礼，故其刑罚甚轻而禁不犯⑧者，教化行而习俗美也。"意思是说：在国都设立太学进行教育，在县邑设立县学、乡学实施教化，用仁来教育人民，用义来感化人民，用礼来节制人民，所以，虽然刑罚很轻，但没人违犯禁令，这是因为施行教化而使习俗美好的缘故啊。也就是说，我建议重视教育、用德行治国、置办大学、培养人才。

朱熹

啊，我懂了，其实我前段时间也琢磨过天和人的关系，我是这么想的："天即人，人即天，人之始生，得于天地，既生此人，则天又在人矣。"天就是人，人就是天，人刚刚形成时就从天地中获取养分，在这个人出生以后，天就与人合一了。

---

① 庠序：学校。　② 化：教化。
③ 邑：县城。　④ 渐：慢慢教化。
⑤ 摩：接近，感化。　⑥ 谊：交情。
⑦ 节：节制。　⑧ 犯：违犯。

 超级访谈

挺好,你对我的理论进行了发展,挺有意思的,我打算回去也看看你写的书。虽然说我们的理论有点迷信,但在古代也是起了大作用的,至少君主会有所忌惮,不会太放肆,对吧?
董仲舒

朱 熹
对对对,您说得对!我太高兴了,我马上就去拿我自己写的书来给您看,您就在这儿等一会儿啊,等我回来啊!

行,你去吧,顺便给我带瓶酒来,咱俩边喝边聊!
董仲舒

我可真是生不逢时

小时候我不懂事，老觉得当大官特威风，谁知道现在当了大官才发现，当官可太难了。你就说我吧，这么有才，提出的"罢黜百家，独尊儒术"主张这么厉害，皇帝也确实挺喜欢我，可偏偏就有人忌妒我、陷害我，想把我从朝廷赶出去。真是的，大家都是同事，好好学习儒家学说，好好当官为百姓做事儿不好吗？干吗非得排挤别人呢？幸好我找了个借口辞职回家了，要不然，早晚得死在那些奸臣手里。不过，既然我现在已经回家了，那也就没什么顾忌了，可以好好地批评那些奸臣们了。

于是，我写了一篇文章，叫作《士不遇赋》，在开篇，我是这么写的："呜呼嗟乎，遐①哉邈②矣。时来曷③迟，去之速矣。"哎呀，我的老天啊！这理想距离我是多么遥远啊！时运怎么降临得这么迟，消失得又那么快。我感叹了一番实现人生追求的艰难，写出了在心中对生命的茫然。

然后我再写现在这样进退两难的处境："出门则不可

---

① 遐：长久，远。　② 邈：遥远。　③ 曷：怎么。

与偕往兮,藏器又蚩①其不容。退洗心而内讼兮,固未知其所从也。"大意为:世事混乱颠倒,我想积极出仕却没有志同道合的人,我胸怀韬略,想着怀才不露以相时而动,又害怕被别人讥笑。想着隐退而去修身养性、完善自我吧,又心忧天下,内心不安而无所适从。

最后我找到了自己心中的目标:"孰②若反身于素业③兮,莫④随世而轮转。虽矫情⑤而获百利兮,复不如正心而归一善。"我的目标就是这样简单,只要我问心无愧,找到心中的善良,我就知足了。我绝不会和你们这些小人同流合污的!

哼,就算你们这些奸臣现在特得意,以后也肯定会被历史批评的,我虽然现在落魄,以后却一定会青史留名,咱们走着瞧吧!

---

① 蚩:同"嗤",讥笑。　② 孰:谁。　③ 素业:原有的事业。
④ 莫:不如。　⑤ 矫情:故意违反常情,表示与众不同。

"越努力越幸运"的古代文人们

在中国历史上像董仲舒这样勤奋的人,那是数也数不清的。比如隋朝,有个人叫李密,他小时候就特别好学。有一次,他打算拜访一个朋友,古代不像咱们现在一样又有公交车又有出租车,于是李密就只好骑着一头牛去找他的朋友。可是骑在牛上就不能好好看书了啊,李密就想了个办法,把一部《汉书》挂在牛角上,一边骑着牛,一边看《汉书》。当时的越国公杨素看见李密以后,非常惊讶,这小孩是谁啊,怎么这么勤奋,在牛背上还看书,就过去跟李密打招呼。后来,杨素跟李密成了朋友,还让他去教导自己的孩子。

再比如,汉朝有一个大臣叫朱买臣,特有才,但是在他没当官之前,家里特别穷,所以他就只能和他老婆一起,天天上山砍柴,然后拿回来卖钱,就靠这个收入维持生计。但砍柴就砍柴吧,这朱买臣还有个特奇怪的爱好,就是吟唱古文。古人读书不像咱们现在一样朗读,而是像唱歌一样唱。这朱买臣的老婆就很不高兴了,她不懂,以为朱买臣在唱歌,心想:"我嫁给你这么多年,你也没让我过上好日子,现在咱们过得这么苦,你还有

心情唱歌？你真是太过分，太不思进取了。"于是她就跟朱买臣离婚了。离婚以后，朱买臣过得更惨了，直到他五十岁的时候，才被人推荐到皇帝面前，当上了大官，成了当时有名的一个大文人。

 七嘴八舌

汉武帝

董夫子啊,你怎么走得这么早啊,我还有好多问题没有问你呢,真想念你啊!

唉,我要是早知道在摇晃的牛背上、刺眼的阳光下看书伤眼睛,我就不会近视成这个样子了。

李密

学 生

老师,您到底长什么样啊?我太想看看您了!

扫码听乐死人的故事

东方朔

爱进谏的幽默大师

前 161 年—前 96 年①

称　　号："谪仙"

籍　　贯：平原厌次(今山东省惠民县)

代表作：《答客难》

《非有先生论》

《封泰山》

《责和氏璧》

---

① 也有说法是前 154 年—前 93 年，此处采用傅春明先生《东方朔作品辑注》中的观点。

TA这一辈子

东方朔这辈子

作为西汉时期著名的文学家，东方朔和其他文学家有很大不同。他性格诙谐、言辞敏捷、滑稽多智，常常在汉武帝面前谈笑取乐，相当于汉武帝的专属相声演员。但正因为如此，尽管他非常有才，皇帝却始终把他当俳优①看待，没有加以重用。

宁愿做个"醉死"鬼

东方朔特别爱喝酒，爱到什么程度呢？为了酒，连命都可以不要。在中国古代，皇帝都喜欢追求长生不老，汉武帝也一样。有一次，汉武帝听说有座山，名叫君山，山上藏着许多美酒。这美酒如同琼浆玉液，鲜香可口。更有人传言谁喝了这美酒，就可以变成不死的神仙。汉武帝得知后，十分心动，为了这美酒斋居七天，并派人带着童男童女数十人到山上求此美酒。这些人不负所托，果然求得仙酒，便带回来给武帝喝。

---

① 俳优：古代演滑稽戏杂耍的艺人。

武帝还没有来得及喝，这个消息就被爱喝酒的东方朔知道了，这还得了！东方朔偷偷潜入酒窖，喝光了汉武帝的酒。武帝大怒，下令将东方朔推出去斩首。还好东方朔灵机一动，说："假如这酒灵验，你杀我，我也不死；要是不灵验，这酒有什么用呢？"武帝想了一下，明白了其中的道理，就笑着把他放了。

（ps：东方朔后来活了六十多岁还是死了，可见什么长生不死的神酒，只是一个传说罢了。）

TA这一辈子

宠妻狂魔？花花公子？

东方朔很宠爱他的妻子，每次皇帝赏赐给他布帛珠宝等珍贵物品时，东方朔一定会带回家交给妻子，甚至连好吃的饭菜也会打包回家，带给妻子尝尝。放在今天，一定会有人羡慕东方朔的妻子，认为她有一位模范丈夫。

然而，要问东方朔的妻子是谁，这可是一个举世难题，没有人能完美回答。据说东方朔一辈子换过四十多位妻子，可谓"岁更其妇"，可见他换妻子的速度之快。而且，东方朔娶妻有三个要求：第一，只娶长安城中的女子；第二，只要年轻貌美的女子；第三，一年必须换一个新妻子。朝中大臣经常因此对他议论纷纷，认为他是一个好色之徒。

上林苑辩论队队长

东方朔是中国古代文人里能言善辩的代表。一次，汉武帝去游上林苑，看见一棵特别好看的树，就问东方朔这是什么树。东方朔也不知道这树叫什么名字，就胡编乱造，说这树叫"善哉"。汉武帝一听就知道东方朔在胡说，想戏弄他一下，就让人在这树上做了个标记。几年之后，汉武帝又来上林苑，问东方朔这树叫什么名字。东方朔早就忘了几年前的事儿，回答说这树叫"瞿所"。

汉武帝一听，马上来劲儿了，问东方朔："你骗我啊，之前还说这树叫'善哉'，现在又说叫'瞿所'，这可是欺君之罪！"这要是换作其他人，估计吓得腿都软了，而东方朔呢，特别淡定地回答汉武帝："马小时候叫驹，长大了叫马；鸡小时候叫雏，长大了叫鸡；牛小时候叫犊子，长大了叫牛；人小时候叫儿，长大了叫老；这树小时候叫善哉，长大了就叫瞿所。"汉武帝听了，大笑起来，就没有再追究这事儿。

东方朔如此能言善辩，要是放到现在，肯定能去说相声或者演小品，说不定还能上春晚呢！

咱俩真是难兄难弟①啊

东方兄,你在家吗?我是老伍啊,快来开门,我找你有事儿!大事儿!急事儿!

来了来了,什么事啊,这么急匆匆的?

唉,说来话长啊,那越国的勾践一看就不是什么好人,好不容易把他给抓住了,国君竟然要把他给放回去,这不是放虎归山吗?

那你劝劝吴王啊,他不是挺信任你的吗?

他一见那些财宝、美人就走不动路,我哪里劝得住他啊?才劝了几句,他就说要把我给杀了。唉,没办法,我就想着到你这儿来取取经,看看你有没有什么办法?

---

① 难兄难弟:指彼此曾共患难的人,也指彼此处于同样困难境地的人。

东方朔

这你可高估我了,我就是个宫里的俳优,供人取乐的戏子罢了,哪能给你出什么主意呢?你不如去问问魏征,他说不定有办法。

伍子胥

哟,咱俩什么关系啊,你就不用跟我谦虚了。你平时诙谐幽默,认真起来也绝对是有大才华的,光看你写的那些文章就知道了。汉武帝把你当俳优,不重视你,那是他有眼无珠!赶紧的,你救救老兄,给我出出主意吧。

东方朔

唉,我哪有什么主意啊,前几天我给皇帝进谏,劝他发展农业,他根本就不听,还把我给批评了一通。唉,咱俩就是难兄难弟啊!

伍子胥

啊?原来你也跟我一样啊?好吧,不说这个了,你这几天在忙什么?

东方朔

我还能干什么呢,一想起劝谏的事儿我就发愁,这不,我昨天刚写了一篇文章,名字叫《答客难》,我借着跟客人的对话来阐明自己的心志,安慰一下自己。

伍子胥

是吗？你怎么写的？让我看看呗，正好安慰一下我。

东方朔

那我就给你大体介绍一下我的这篇文章吧！在文章的一开始，我虚构了一个"十万个为什么"客人的形象。这客人问了："苏秦、张仪①遇到有地位的君主就能够辅佐，是那么的气派，而你东方朔，整天读书，那么好学，又对君主十分上心，却不能升官，这是为什么呢？我可真是不明白啊！难道是你东方朔品德不好吗？"我仰天长叹一声，开始答复。我引用了许多古代经典，抒发了我的抑郁之情，表达了我的志向：先说武帝时与战国时士人处境不同，遭遇自然而然也有所不同，就是文中所说的**"彼一时也，此一时也"**，情况是随着时间的变化而变化的；然后又说修身这件事情，是士人的本分所在，是不能随着时间的变化而变化的，**"水至清则无鱼，人至察则无徒"**，人不可能做到十全十美，只要自身的修养过关，就不用在乎别人的评

---

① 苏秦和张仪都是战国纵横家。苏秦主张合纵，联合弱国对抗秦国；张仪主张连横，远交近攻。

论；文章最后说，士人受的待遇自古以来就是因为时间地点的不同而不同的。这样一来，虽然那时候的我有几分无奈之情，但都洒脱地把它化解了，这才好啊！

伍子胥

朔兄啊朔兄，看不出来，你不仅幽默可爱、才华横溢，还始终牵挂国家大事，有一颗为国为民的心啊！我记得这篇文章应该是你向武帝上书"**陈农战强国之计**"被冷遇之后写的吧。

对，就是那时候写的。我那时在宫中不是常侍郎嘛，每天给皇上讲笑话逗他开心。但我可不甘心只做一个逗他开心的小丑啊，对我来说，我还是很相信儒家思想，想在政治上为皇帝出谋划策，建立一番功业的。可他却始终把我当成一个俳优，不接受我的意见，甚至笑话我，认为我的能力不足，根本不能参与国家大事的讨论。于是，我写了这篇文章，既抒发了自己的政治志向，又安慰安慰自己。写完这篇文章，心情也算舒坦了不少。唉，不过皇帝要什么时候才能接受我的劝谏呢？

东方朔

超级访谈

伍子胥

我们先不提你的宝贝皇帝,先来说说你这篇文章。你别说,在这篇文章中,你虚构了一个客人与你对话辩论,首创了"难"这样一个古文体形式,真是新奇有创意呢!哎,我想起来了,我前几天看了扬雄的《解嘲》、班固的《答宾戏》和张衡的《应间》,这几篇文章的格式和你这文章特别像,应该就是模仿你的。你看,这么多大牛人都模仿你的文章,你还说自己没才华,要我说,你可是汉代有名的大文学家,才不只是个俳优呢。

行了行了,别给我戴高帽子了,再有才又能怎么样?还不是没法儿让皇帝接受自己的劝谏,唉!

东方朔

伍子胥

不是说好了不提这事儿了吗?怎么又提起来了?来来来,喝酒,不想这些烦心事了。

好!来,干杯!一醉解千愁!

东方朔

我得劝皇帝

唉，皇帝现在年纪越来越大，也越来越糊涂了。农业和军事对国家的富强是多么重要啊！我前一阵子上书皇帝，又是写了好多字，借用古代先贤商鞅、韩非的话，希望他能重视农业、强兵富国。可皇帝不仅不听从我的建议，还把我的建议当成一个笑话，以为我在跟他开玩笑，逗他开心！要是他能理解我该有多好啊。

算了算了，这样的愿望，在现实生活里，恐怕很难实现了，不如写出一篇文章，假设有这么一个明主，也算变相地实现了我的政治理想。在《非有先生论》中，我就是这么做的。这篇文章总共有五段。

第一段以"非有先生仕①于吴，进②不能称③往古④以广⑤主意⑥，退⑦不能扬⑧君美以显其功，默然无言者三年矣"为开头，写了非有先生在吴国的待遇。

---

① 仕：旧时指做官。　② 进：此处有在朝廷上之意。
③ 称：称述。　④ 往古：历史上朝代兴亡的故事。
⑤ 广：广泛传扬。　⑥ 主意：君主的意志。
⑦ 退：与"进"相对，此处指在朝廷外。　⑧ 扬：宣扬。

特别推荐

第二段说残暴的君主在王位时必将导致国家社会动乱，这一段中有几句我自己特别喜欢："闵①主泽不下流，而万民骚动，故直言其失，切②谏其邪者，将以为君之荣，除主之祸也。"大意为：忧虑君主的恩泽不施于百姓，百姓发生骚动，所以才直言说出皇帝的过失，劝谏他改正做得不好的地方，是为君主的名誉考虑，想要消除皇帝的祸患。这也是我的政治理想啊！

第三段说厉害的君主治理国家就能让社会安定，人民生活幸福："则天地③和洽④，远方⑤怀⑥之，故号圣王，臣子之职⑦既加⑧矣。"姜太公和伊尹遇上了厉害的君主，所以成就了一番事业；而像龙逢、比干这样没有遇到明君的大臣，只能以死作为结局。

第四段写吴王在非有先生的劝导下痛改前非，逆袭成为超强君主的故事，达到了"海内⑨晏然⑩，天下大治⑪，阴阳⑫和调，万物咸⑬得其宜⑭"的效果。

最后一段用《诗经》中的话总结："故《诗》曰：'王

---

① 闵：担心、忧虑。　② 切：恳切、真切。
③ 天地：人们活动的范围。　④ 和洽：协调。
⑤ 远方：边远地区。　⑥ 怀：归向。
⑦ 职：职责。　⑧ 加：担任。
⑨ 海内：国境之内。　⑩ 晏然：安乐安闲的样子。
⑪ 大治：治理得好。　⑫ 阴阳：化育万物的阴阳之气。
⑬ 咸：全。　⑭ 宜：适宜的条件。

国①克②生,惟③周之桢④。济济⑤多士,文王以宁⑥。'"可见,国家领导者用人的方法对国家社会的重要性。

　　唉,我看起来是在写这个假设的君主,但实际上也是在劝现在的皇帝啊。这篇和之前介绍的《答客难》是先后创作的,都是在武帝不认可我的前提下,想要向武帝说明我的能力和政治理想,希望他能明白我的这番苦心,听从我的建议,好好治国!

---

① 王国:这里指文王的国家。　② 克:能。
③ 惟:是。　④ 桢:比喻能担当重任的人。
⑤ 济济:形容人才很多。　⑥ 宁:安定。

文苑杂谈

纸的发展历程

东方朔在公车署①当官时，十分喜欢给皇帝写奏折。《史记·东方朔传》中就有关于东方朔写奏折的记载："朔初②入长安，至公车上书，凡③用三千奏牍④。"这句话的意思是说东方朔刚到长安的时候，到公车署那里给皇帝写奏折，共用了三千竹简。竹简就是东方朔的"纸"。这种材料的书籍十分笨重，据说东方朔上奏的三千竹简就是两个强壮的侍卫把它抬到大殿上去的。

"纸"的发展历史十分悠久。在很久很久以前，人们用图画来记事，要记什么，就画什么。为了交流方便，大家越画越简单，慢慢地，有些画就被简化成符号，刻在了陶器上，也就是陶符。而陶器，就是中国古代最早的"纸"。

商代时，人们比较迷信，经常会用龟甲来占卜⑤，把乌龟的壳放在火上烧，根据烧出的纹路来预测事物的吉凶。预测的卜辞就被刻写在乌龟的壳或野兽的骨头上。

---

① 公车署：汉武帝时设立，为接待一般应试学士的馆驿。
② 初：刚刚。
③ 凡：总共。
④ 奏牍：古代写字用的木简。
⑤ 占卜：一种迷信行为，类似于今天的"算卦"。当时的人们认为有神存在，所以当人们有疑惑时就会通过占卜获得答案。

因此，那时候的文字被称为"甲骨文"，而那时的纸，主要就是乌龟的壳或野兽的骨头。

商朝人过于迷信，不管大事小事，都要去占卜问问神的意见，这么一来，龟甲兽骨就不太够用。再加上龟甲兽骨不好保存，因此西周时人们就发明了另一种"纸"——青铜器。当时的人们都称青铜器为"金"，所以刻在青铜器上的字就被称为"金文"。

到了春秋战国时期，人们开始把竹简当作书写材料。竹简的制作过程十分麻烦，先要把竹片切成一样大小，然后放到火上烤干水分，这样既不容易变质或者被虫子吃掉，又方便书写，这个步骤叫作"杀青"①。竹片水分烘干后，下一步就是书写，写好之后将每一页竹片钻孔并用绳子编订成册，这也就是今天"册"字的来历。大家看"册"字的形状，多么像两页竹片被绳子穿起来的样子呀！

除了竹简以外，为了减轻书写材料的重量，当时有些人还在丝绸上面写字，这些书被称为"帛书"。但是古代的丝绸十分昂贵，只有有钱人家才能用得起。

西汉时期，造纸术被发明出来。但那时造纸工艺十分简陋，造出来的纸非常粗糙，不能用来写字，一般用

---

① 杀青：今天依然沿用，指影视作品拍摄完成，也表示所有工作的完成、收尾。

文苑杂谈

于包装。所以"作文小能手"东方朔还不能用纸来写东西,又因为家庭条件不十分富裕,买不起丝绸,所以只能把三千笨重的竹简献给皇帝。

东汉时期,蔡伦改进了造纸术。他把树皮、渔网等原料捣碎、泡烂后,制成糨糊,再捞出薄薄的一层放在阴凉的地方,等干透了就取下来。这样,一张物美价廉的纸就做好了。后来,人们为了纪念蔡伦,给这种纸起名叫"蔡侯纸"。蔡侯纸和我们今天用的纸十分相像,但一定没有我们现在的纸这么平滑和美观,还是比较粗糙的。

造纸术是中国古代四大发明①之一。后来,造纸术通过阿拉伯人传入了欧洲。要知道,在造纸术传入之前,欧洲人还在动物的皮上写字呢!

---

① 四大发明:造纸术、火药、指南针、印刷术。

欢乐谷

汉武帝

东方朔啊东方朔,你可真是太有意思了!

唉,原来咱俩都这么惨啊,亏我还以为汉武帝挺听你的话呢!

伍子胥

后世学生

哇,你竟然写了这么多好文章啊!我还以为你就是个说相声的呢。

扫码听乐死人的故事

司马迁

忍辱负重的史官

前 145 年—前 90 年[①]，字子长

称　号：太史公、太史令

籍　贯：龙门（今陕西省韩城市）

代表作：《史记》

《报任安书》

[①] 关于司马迁的生卒年，说法不一，此处采用王国维先生在《太史公行年考》中的说法。

TA这一辈子

司马迁这辈子

司马迁是西汉时著名史学家、散文家，写了中国第一部纪传体通史《史记》。《史记》被公认为中国史书的典范，是"二十五史"之首，连鲁迅都称赞它是"史家之绝唱，无韵之离骚"。

边放羊，边读书

司马迁小时候家境不算富裕，经常出去放羊。《史记·太史公自序》中就有记载："迁生龙门，耕牧河山之阳①。年十岁则诵古文②。"就是说司马迁小时候在龙门长大，经常耕作放牧，在十岁的时候就能诵读古文。

相传，有一天，他爸把他叫到面前，指着一本书说："孩子，近几个月，你一直在外面放羊，没时间学习，我现在来教你读读书吧！"司马迁用期待的小眼神看着爸爸："爸爸，这本书我读过了，请您检查一下，看

---

① 河山之阳：黄河以西，龙门山南。
② 古文：用先秦篆文传抄的古书，如《尚书》《左传》《国语》等。

我背诵得对不对？"

说完，司马迁把这本书从头至尾背诵了一遍。

听完司马迁的背诵，他爸爸心里暗自嘀咕："真是奇怪！又没有人教他，他怎么会背诵呢？真是稀奇。"

第二天，司马迁的爸爸为了探寻真相，就在司马迁放羊的时候偷偷地跟在他后边。司马迁赶着羊群，到达一片水草肥美的草地，他把羊群赶到草地中央，等羊开始吃草后，他就从怀中掏出一本书，双眼直直地盯着书本，读得十分认真。估计如果狼来了吃掉小羊，他都不知道呢！看着这一切，司马迁爸爸恍然大悟，欣慰地点头："孺子可教也。"

子承父业写史书

司马迁十岁就按照父亲的要求广泛阅读古代的史书。他十分勤奋，又很聪明，很快就把所有著名史书和一些思想家的著作都读过了，甚至靠着父亲的关系读到了很多官府藏书。他的老师又是当时大名鼎鼎的大学者董仲舒。这些都为他日后创作《史记》打下了深厚的基础。

司马迁的父亲司马谈是一位朝廷史官。他早年立志撰写一本通史，并广泛涉猎了各种资料，但在随同

TA这一辈子

汉武帝泰山封禅的路上病倒了,也没能参加汉武帝举行的封禅大典①。要知道,这个典礼很重要,凡是有威望的人都会参加。有一些小人就排斥他,说他的坏话。司马谈因此病情恶化。司马迁知道父亲生病了,便去看望。他的父亲知道自己危在旦夕,就对司马迁说:"我们的先辈就是太史,一直在为朝廷进行编写史书的工作,希望你能延续我们家庭的使命。另外,你知道我想写部通史,但我已重病在身,希望你能帮我完成。"就这样,司马迁接过了父亲的使命,开始撰写《史记》。

为了朋友遭受宫刑②

撰写史书本身就是一件十分艰难的事情,然而司马迁还经受了身体和精神上的折磨。说到这里,不得不说说"李陵事件"。李陵是汉武帝手下的一个武将。司马迁的《报任安书》中记载了这一事件:

"且③李陵提④步卒不满五千,深践⑤戎马之地⑥,足

---

① 封禅大典:中国古代帝王在太平盛世或天降祥瑞时的祭祀天地的大型典礼。
② 宫刑:宫刑是"丈夫割其势,女子闭于宫",对男性来说就是阉割男性生殖器,对女子来说就是囚禁幽闭。它又叫腐刑,因为受了这种刑罚后,人从此像一株腐朽的植物,不能再开花留下后代。
③ 且:况且。
④ 提:带着。
⑤ 践:踩,进入。
⑥ 戎马之地:匈奴的军事要地。

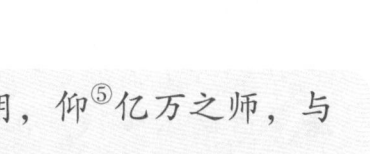

历①王庭②,垂③饵④虎口,横挑强胡,仰⑤亿万之师,与单于连战十有余日,所杀过当。转斗千里,矢尽道穷,救兵不至,士卒死伤如积。……后数日,陵败书闻,主上为之食不甘味,听朝不怡。"

况且李陵带领的兵卒不满五千,深入敌人军事要地,到达单于的王庭,好像在老虎嘴上垂挂诱饵一样。他四面挑战强大的胡兵,面对着亿万敌兵,同单于连续作战十多天,杀伤的敌人超过了自己军队的人数。但因为兵力悬殊,李陵最终还是被迫投降了。汉武帝知道了这件事情,以为李陵是主动投降,很是难过,吃不下饭,上朝听政也不开心。

司马迁虽然和李陵没什么交情,但他凭借自己平时对李陵的了解,认为李陵是忠心的人,他只是假意投降,想要寻找机会与汉朝大军里应外合,歼灭匈奴。于是,司马迁就为李陵说了几句话。没想到,正在气头上的汉武帝却说司马迁是李陵的同伙,要杀掉他。

根据汉朝的刑法,死刑有两种减免办法:一是拿五十万钱赎罪,二是受"腐刑"。司马迁家里穷,没办

---

① 历:到达。
② 王庭:匈奴王的宫殿。
③ 垂:垂挂。
④ 饵:诱饵。
⑤ 仰:面对。

TA这一辈子

法拿出这么多钱。但腐刑呢，摧残人体、侮辱人格。司马迁是个十分注重人格的人，自然不愿意忍受这样的刑罚。但是，为了完成《史记》，死得更有价值，他毅然选择了腐刑。面对最残酷的刑罚，他在《报任安书》中说："所以①隐忍苟活，幽②于粪土③之中而不辞者，恨④私心有所不尽⑤，鄙陋⑥没世⑦，而文采⑧不表⑨于后也。"这句话司马迁说明了自己选择接受腐刑的原因："我之所以忍辱负重，苟且偷生，情愿被囚禁在粪土一般的牢狱之中，是因为痛惜自己的心愿尚未完全实现，平平庸庸而死，《史记》就不能在后世的人们中出现。"

虽然十分痛苦，但司马迁依然靠着完成《史记》的信念坚持下来了。他曾多次想要一死了事，但"人固有一死，或重于泰山，或轻于鸿毛"，也就是说，每个人都要死，但有的人死得很有价值，比泰山还重；有的人死得毫无价值，比鸟的羽毛还轻。司马迁就是靠着这样的坚定信念活了下来，并最终完成了《史记》。

---

① 所以：……的原因。
② 幽：深陷。
③ 粪土：这里指的是牢狱。
④ 恨：遗憾。
⑤ 尽：达到，完成。
⑥ 鄙陋：平庸。
⑦ 没世：死去。
⑧ 文采：文章，这里指《史记》。
⑨ 表：显露。

你的《史记》咋写的

班固

喂,司马迁,我越来越发现,生在你后面,可真是件麻烦事呀!

不会吧,《论语》都说了:"死生有命,富贵在天。"又不是只有你一个人生在我后面,别人都没说什么,怎么就你唠叨个没完,跟个老太太似的。

司马迁

班固

你自己当然没感觉喽,可是害苦了我们这些人啊。我承认,你为了写《史记》是没少下功夫,还忍受了宫刑。可后人即便再努力写,也没法跟你的《史记》比,包括我写的《汉书》。我耗费了那么多精力,但还是有人不买账,说《汉书》写得好差,根本比不上《史记》。你说我冤不冤啊?

我没读过你的《汉书》,不好评判呀!俗话说:"文无第一,武无第二。"写作这种事,本来

司马迁

超级访谈

就是各有各的特点。我们的遭际不一样嘛,你有我这样悲惨的遭遇吗?说起来,我还非常羡慕你那样的生活呢。我的父亲司马谈曾经担任太史令,把修史视为自己一生的使命,可惜啊,这个美好的愿望没有完成,他就去世了。后来,我接任太史令,立志要完成父亲的遗愿,努力写完这部书。谁承想,那一年,李陵战败投降匈奴,在皇上面前,我详细解释了一下这件事的原委,为李陵求情。所谓"臣伴君王羊伴虎",臣子陪在君主身边就像一只羊陪在老虎身边一样,随时都可能丧命。果然,就因为这事,我被捕入狱,而且遭受了宫刑。这些经历与感受,我在《报任安书》里也提到过:"**人固有一死,或重于泰山,或轻于鸿毛,用之所趋异也。**"人啊,本来都是要死的,只不过有人的死如泰山一样重,有人的死就像鸿雁的毛一样轻,那是因为他们的追求不一样呢。"**古者富贵而名磨灭①,不可胜记,唯倜傥②非常之人称③焉。**"古代那些曾经富贵的人哪,数都数不过来,可现在还有谁知道他们呢?只有那些洒脱、超越世俗的人能够穿越时空,与世长存,与不同时代的人对话。

---

① 磨灭:痕迹、事迹等随时间的变化而逐渐消失。
② 倜傥:洒脱。
③ 称:著称。

班固

是啊，只有不计名利得失、超然洒脱的人才可以流芳百世。你写《史记》的时候是怎么想的呢？不为名利，为的是什么呢？

司马迁

哈哈，我在《报任安书》中，也解释过了，像文王作《周易》，孔子修《春秋》，屈原赋《离骚》，左丘明撰《国语》，孙子列《兵法》……这些人意气郁结，不能通达，所以才发愤著书。我突然觉得这些人所做的事情，才是我应该去努力追求的。"网罗天下放失①旧闻，略考②其行事，综其终始，稽③其成败兴坏之纪，上计轩辕，下至于兹，为十表，本纪十二，书八章，世家三十，列传七十，凡百三十篇。亦欲以究天人之际，通古今之变，成一家之言。"我也确实是受到他们的影响，开始满世界搜集史料，考证史实，从轩辕黄帝一直写到现在，记录历朝历代的成败得失，写成十表、十二本纪、八书、三十世家、七十列传，一共是一百三十篇。我想深入讨论天与人的关系，考察古今的变化，立一家言论。

---

① 放失：散失的事物，"失"通"佚"。
② 考：考证。
③ 稽：查考。

班固

真是呕心沥血，惨淡经营①哪！

是啊，那时候，我无论是身体还是精神，都遭受了巨大的创伤。出狱以后，我就像换了个人似的，对过往那些事情，再也提不起兴趣。所有这些经历，都浸透在血液里。虽然经受了这样残酷的折磨，我还是尽快投入了《史记》的写作。幸好，最终我还是坚持了下来，完成了《史记》这部书。

司马迁

班固

听你这么一说，我开始明白了，艰苦的生活环境虽然消磨着你的身体，却也帮你孕育了写作的珍珠。的确，后世几乎没有人能够像你那样，遭受这样大的苦痛，还能够坚持做一些事情。也正是因为这些，《史记》散发的光芒，才能够穿透时间哪！

---

① 惨淡经营：指费尽心思辛辛苦苦地经营筹划；后指在困难的境况中艰苦地从事某种事业。惨淡：苦费心思；经营：筹划。

史书中的大英雄

《史记》中记载了许多有趣的故事，也写到了不少非常厉害的大英雄，比如刺杀秦王的荆轲、飞将军李广等。其中有一篇《陈涉世家》，写的是秦末的农民起义领袖陈胜的故事。我特别佩服陈胜，专门把他写在了"世家"里。要知道，"世家"是专门为王侯将相所作的传记，陈胜虽然是一个农民，但在我眼里，他可是一个顶天立地的大英雄，所以我没把他写进"列传"，而是写进了"世家"。

陈胜年轻时，和人一起在田里干活儿，干着干着，突然冒出一句："苟富贵，勿相忘。"这句话的意思是说，如果哪天我们富贵了，一定不要互相忘了呀！当时他周围的贫苦农民都认为陈胜是在不切实际地痴心妄想，不好好种地，整天瞎想什么呢？陈胜旁边就有几个人讥笑他："像我们这样种地的，怎么会富贵呢？"陈胜是一个非常有志向的人，听了这话，当然很不高兴，就叹了口气："嗟乎，燕雀安知鸿鹄之志哉！"意思就是：唉，燕子、麻雀怎么能知道鸿鹄的志向呢！后来，朝廷征调贫民驻守渔阳，有九百人驻扎在大泽乡，因为下雨，不能

特别推荐

按时赶到渔阳，按律可要处死的。陈胜正好也在这九百人中，他就和同伴吴广商量："今亡亦死，举大计亦死，等死，死国可乎？"也就是说，他们现在跑了也会被抓回来处死，起义造反也会被打败杀死，怎么着都逃不了一死，为什么不为国而死呢？吴广一想，有道理啊！于是二人就带头起义，从根本上动摇了秦朝的统治。

樊哙是《史记》中提到的另一个大英雄。陈胜和吴广动摇了秦朝的统治之后，天下出现了许多抢地盘的势力，刘邦和项羽就是其中两个。二人约定谁先打下秦朝的首都，谁就当皇帝。结果呢，刘邦手脚快啊，抢在项羽之前攻下了秦朝的首都咸阳。项羽不高兴了，马上就下了命令："旦日飨士卒，为击破沛公军！"翻译过来就是："明天就让士兵们好好吃顿饭，把刘邦的军队给我打败了！"项羽手下有个叛徒，叫项伯，和刘邦手下一个叫张良的人关系很好，就偷偷跑去告诉他项羽想杀了刘邦。刘邦知道后，心想："这可咋办？我现在又打不过项羽，总不能啥都不做吧？"想来想去，他就在第二天带了一小队士兵，去鸿门这个地方找项羽，跟他道歉，说："哎呀哎呀，咱俩之间都是误会，你可不能冲动啊。"项羽呢，是个四肢发达头脑简单的人，马上就信了，不想杀刘邦了。但项羽还有一个非常忠心的手下，叫项庄。他一看，项羽这是要放了刘邦啊，这怎么行！他就拔出剑来，假装要表演舞剑，想趁机杀了刘邦，项伯也起来舞剑，护着刘邦，两人斗得不可开交。张良一看，坏了，得赶紧找人帮忙啊，就找来了樊哙。樊哙那可是忠心耿耿，马上就冲进来保护刘邦。项羽看见樊哙，觉得他是个壮士，就赐给他一大杯酒和一整条猪腿，看他吃完喝完之后又问他还能不能吃，樊哙便说："臣死且不避，卮酒安足辞！"也就是说，他死都不害怕，还会怕一杯酒吗？就这样，在樊哙的保护下，刘邦顺利地从项羽那里逃了出来，并最终打败了项羽，建立了汉朝。

在我看来，陈胜、樊哙这样顶天立地的大英雄，虽然没有像历代帝王那样建立功业，却仍然算得上是垂范千古、名留青史，令人敬佩。

文苑杂谈

古代史书知多少

我们提到史书的时候,经常会听到这样的几个词:纪传体、编年体等。这到底是啥呢?其实,这些就是史书的分类。那么,史书都有哪几种类型呢?有那么多史书,是不是也要分好多好多类呢?其实啊,史书的类型并不多,大致有这样几种:纪传体、国别体、编年体。

纪传体,是通过记叙人物活动反映历史事件的史书体例。"纪"呢,就是"帝王本纪",主要讲帝王干过的事儿;"传"指"列传",主要讲臣子们干过的事儿。总的来说,纪传体就是以人物为记述中心来记载历史事件的史书。"纪传体"这种体裁,是由司马迁开创的,他写的《史记》,就是中国第一本纪传体史书。

国别体,是以国家为中心,分别写各个国家历史的史书体例。比如《国语》,分别收集了周、鲁、齐等八个国家的史料;再比如《战国策》,分别汇集了东周、西周、秦等十二个国家的史料,其中记载的一些国家大事,大部分是通过一些重要历史人物的活动、言论、对话等方式来表现的。

编年体，是按照时间顺序写的史书体例。《春秋》是我国现存最早的一部编年体史书，据说是孔子根据鲁国的史书《春秋》整理修订而成的。《左传》，也就是给《春秋》做注解的那本书，是我国第一部比较完备的编年体史书。

说了这么多，史书的写法无非就是按人物写、按国家写、按时间顺序写，但不管怎么写，文笔还是最重要的。在古代，是不允许个人偷偷写史书的，谁知道写书人会不会在史书里写皇帝的坏话呢，因此，古代的史书大部分是皇帝组织官员写的。而且，能写出一部流传于世的史书，难度也实在太大。但即便如此，还是有不少传世经典，这些史官们真是令人敬佩啊！

七嘴八舌

班固

不要老拿我跟司马迁比,司马迁是谁呀,我怎么能比得上他呢?生在司马迁之后,我压力好大呀!

司马老兄,你不该为我求情。因为我,你受了这样的奇耻大辱,我真是对不起你啊!

李陵

司马谈

儿子,你老爸我死得早,《史记》可就靠你了!

扫码听乐死人的故事

扬　雄

当大官的穷人

前53年—18年，字子云

称　号：汉赋四大家之一
籍　贯：蜀郡成都(今四川省成都市郫都区)
代表作：《逐贫赋》
　　　　《河东赋》
　　　　《甘泉赋》
　　　　《羽猎赋》
　　　　《长杨赋》

扬雄这辈子

汉朝的辞赋非常兴盛，出现了很多辞赋大家，扬雄就是其中之一，他是继司马相如之后西汉最有名的辞赋家。唐代的大诗人刘禹锡在《陋室铭》这篇短文里还说："南阳诸葛庐，西蜀子云亭。孔子云：何陋之有？"意思就是说，像南阳诸葛亮住的地方、西蜀扬雄住的地方，都非常简陋，但因为他们的贤能、才华太出众了，所以住的地方也就不显得简陋了。可见，扬雄在中国古代文学史上的地位之高。

想升官怎么就这么难？

扬雄小时候很好学，博览群书，无所不读。然而，他这个人，可以算得上是古代版宅男。在大部分文人都四处游历、渴望建功立业时，他却一直待在老家四川，直到四十多岁，才离开老家到了京都，想谋求个一官半职。

不过，因为很有才，所以一到京都，扬雄就受到当时的大司马、车骑将军王音的赏识，被召去做门下史。过了一年多，扬雄写了《羽猎赋》献给皇帝。汉成帝一看，惊为天人，就提拔扬雄做给事黄门郎，跟王莽、刘歆同级。没过多久，王莽和刘歆就升了官，王莽被封为新都侯，刘歆则与他老爸刘向一起领校中秘书，可扬雄还是个小小的给事黄门郎。

又过了几年，到汉哀帝时，扬雄多了个新同事——董贤。同样地，几年后，董贤升官，成了驸马都尉侍中，扬雄仍然原地踏步，担任给事黄门郎。

再到汉平帝时，王莽、董贤都升任三公，位高权重，只要是他们向皇帝推荐的人，就没有不被提拔的。此时的刘歆也已经成了右曹太中大夫，声名显赫。扬雄仍然没有得到提拔，历经三朝，还担任着给事黄门郎。

王莽篡位后，很多人都争着巴结讨好他，因此而加官晋爵的人不在少数，但扬雄还是没有被封侯。直到晚年，扬雄因病免职回家后，又被重新召见，才升了官，成了大夫。

最早最牛的模仿秀选手

扬雄年轻的时候，可是个不折不扣的文艺青年，特喜欢辞赋，很佩服老前辈司马相如，把他当作自己

的榜样,甚至"每作赋,常拟之以为式",也就是说扬雄写赋的时候,常常模仿司马相如的作品来写,可见他对司马相如的仰慕之情。

除了模仿司马相如,扬雄还很喜欢模仿古代的经典名作。他喜欢《离骚》,就模仿着写了一篇《广骚》;他认为经书里最伟大的是《易经》,就依照它写了一部《太玄》;他觉得传书中写得最好的是《论语》,就仿写了一部《法言》;他认为史书中最牛的是《仓颉》,就模仿它写了一本《训纂》;他觉得箴(zhēn)诫(jiè)最好的是《虞箴》,就学着它写了《州箴》。

虽然他的这些作品都是模仿之作,但没有一定功底的人,估计连看都看不懂,更别说模仿了。所以扬雄能写出这么多作品来,说明他对这些经典名作都很有研究,学问高深。

胆小只是我的保护色

虽然扬雄是个大文学家,而且名字特牛,听起来挺有气魄,感觉应该属于大义凛然、无畏无惧的类型,但实际上啊,扬雄胆子特小,还被吓得跳过楼。怎么回事儿呢?当时王莽篡位,把汉平帝赶下去,自己当了皇帝。因为他这皇位是抢的,名不正言不顺,所以他就老怕别人提起这事儿，但偏偏有个叫刘棻的大臣犯了这个忌讳。于是王莽就把他杀了，还让人去抓那些和刘棻有牵连的人，要把他们也杀了。

这时候扬雄正在宫里的天禄阁上校书呢，突然就看见一队士兵冲他走过来，心里那个害怕啊，以为自己要死了，就想跑。但前后都是士兵，没路可跑，于是他就急了，直接从天禄阁上跳了下去，差点儿摔死，最后还是被抓起来了。

王莽听说了这事儿以后，特奇怪，扬雄没犯什么事儿啊，怎么被抓起来了，于是就让人去问扬雄。一问才知道，扬雄曾经给刘棻当过老师，教他写过一种字体，俩人也算是有点儿牵连。王莽一听，乐了，就这么点事儿，你就吓得要跳楼？这胆子也太小了，谅你也不敢和刘棻搅和在一起干坏

 TA这一辈子

事，你还是回去好好写你的书吧。于是就没有追究扬雄的罪责。

　　这事儿传出去以后，当时的人们都嘲笑扬雄，说他"因寂寞，自投合；因清静，作符命"。意思就是说扬雄明明表现得淡泊名利、刚正不阿，实际上却胆小如鼠、阿谀奉承。只有扬雄的老朋友刘歆为他说了一句公道话："扬雄一辈子都做着小官，还不能说明他的寂寞清静吗？"

怎么劝皇帝

请问，这位老兄，你是不是扬雄啊？西汉时期写了"四大赋"的那位？

杜甫

扬雄

是我，你是谁？怎么知道"四大赋"？

《河东赋》《甘泉赋》《羽猎赋》《长杨赋》，这"四大赋"可是鼎鼎有名，我怎么会不知道呢？但我生活的这个时代不怎么太平，我天天都得东奔西跑维持生计，所以一直没有看过"四大赋"，正好今天有这个机会，我就想请教你一下，你这些赋是怎么写的？都写了什么啊？

杜甫

扬雄

哦，这事儿啊，没问题。《河东赋》是有一次皇帝去巡游时让我写的，《甘泉赋》是皇帝去甘泉宫里祭祀的时候我写的，《羽猎赋》《长杨赋》都是皇帝打猎回来以后让我写的。虽然在这些赋里我都描写了皇帝出行时的繁盛景象和壮大开阔的景色，但实际上，我主要还是想劝皇帝要

超级访谈

勤俭节约、勤政爱民。

哎呀,那正好啊,我也很想写一些这样劝诫皇帝的诗,你快给我讲讲你具体怎么写的。

杜甫

扬雄

行,但这四篇赋都挺长,全讲的话得讲个三天三夜,我就只给你讲讲《甘泉赋》吧。甘泉宫本来是秦朝建造的宫殿,汉武帝又把它扩建了,非常奇伟雄壮。当时,皇帝前去甘泉宫祭祀游玩,正好带上了我,我就把皇帝从出发到回宫的整个过程记录下来,写成了《甘泉赋》。一开始,我写了皇帝出发前的准备工作,隆重奢华,连车驾都是**"夫凤皇兮而翳①华芝,驷苍螭②兮六素虬"**,就是上面覆盖着华芝伞盖的凤凰之车,拉车的骏马有黄有白,龙腾虎跃,鬃毛飘洒。到了甘泉宫,那真是**"翠玉树之青葱兮,璧马犀③之瞵㻞④。金人仡仡⑤其承钟虡⑥兮,嵌岩岩⑦其龙鳞"**。翡翠玉树青葱碧绿,碧玉雕塑的马儿光彩缤纷。雄伟勇武的金人像,

---

① 翳:隐蔽。
② 螭(chī):传说中的一种龙。
③ 璧马犀:用碧玉饰作的马和犀。
④ 瞵㻞(lín bīn):纹理光洁。
⑤ 仡(yì)仡:壮勇貌或高耸貌。
⑥ 钟虡(jù):悬挂编钟的架子。
⑦ 岩岩:开张貌。

承受着钟架,高大威武金光闪闪,好像龙鳞张开一样,极尽奢华之能事。

停停停,你这文章有多长啊?讲了这么多,还没有讲到劝诫皇帝的部分?

杜甫

扬雄

别急啊,你可不知道,除了铺张、富丽之外,汉赋还有一个很重要的特点,叫"劝百讽一",也就是说汉赋里规讽正道的言辞远远少于劝诱奢靡的言辞。所以我得等讲完甘泉宫的雄伟和皇帝祭祀的庄重,才开始劝诫皇帝:"**袭璇室①与倾宫②兮,若登高眇远,亡国肃乎临渊。**"璇室是夏朝的暴君夏桀下令修建的一座宫殿,倾宫则是商朝的商纣王下令修建的,这两人修建宫殿的时候都特别劳民伤财,所以国家就慢慢衰落了,在他们手里灭亡了。这句的意思就是夏桀修璇室而亡国,纣王筑倾宫而殷衰,若登高远望看到甘泉宫的奢丽,想想桀纣璇室倾宫的教训,感到亡国的危机如临深渊。

---

① 璇室:玉饰的宫室。
② 倾宫:巍峨的宫殿。

超级访谈

所以你拿夏桀和商纣王来举例子,就是想告诉皇帝,不能太奢侈,要节俭爱民才行,要不然就可能会像夏朝和商朝一样灭亡,对吧?

杜甫

扬雄

是啊,但是我好像写得太含蓄了,后世有很多人批评我,说我写这些赋的时候,写了很多美景,却只写了一点点劝诫,效果不怎么样。唉,你可要加油啊,吸取我这教训,好好写诗!

嗯,放心,你就等着瞧吧!

杜甫

穷人也挺好

唉,今天家里又没有米了,好饿啊!自从我因为生病辞了官,就穷得揭不开锅了,连朋友来拜访,都拿不出招待他们的食物,真是太难堪了!如果贫穷是一个人的话,那我马上就把他从我家里赶走,让他别来纠缠我,或者让他把他兄弟富贵接来住在我家。说到这儿,要不我就写这么一篇文章吧,听起来好像还挺有意思的,干脆就起个名字叫《逐贫赋》,把贫穷想象成一个人,我自己来和它对话。

开始的时候我得先指责一下贫穷,干吗老跟着我,让我吃也吃不好,睡也没地方睡,衣服也破破烂烂的,连家里来客人都招待不起。"人皆文绣,余褐不完;人皆稻粱,我独藜飧。"人人都穿着彩绣华美的衣服,我却只有破破烂烂的粗布衣;人人都吃着美味的稻米,我却只能吃些野菜。凭什么啊?要不是你老跟着我,我怎么会穷成这样?

接下来,贫穷就应该反过来指责我了,我估计啊,他会先说:"'饕餮①之群,贪富苟得',那些贪得无厌的

---

① 饕餮:传说中一种凶恶贪食的野兽,比喻凶恶贪婪的人或贪吃的人。

特别推荐

人所获得的财富都不是通过正当途径得来的。而且,我'三省吾身,谓予无愆①',反省了好几次,我觉得自己并没有什么过错。为什么呢?'堪寒能暑,少而习焉;寒暑不忒②,等寿神仙。桀跖不顾,贪类不干。人皆重蔽③,予独露居;人皆怵惕④,予独无虞!'因为我的存在,你从小才有禁得住寒暑的习惯;寒暑无差,你简直就是不会死的神仙。那些盗贼和贪官从来也不会打扰你。别人要锁着几重门才敢睡,你却敢露天睡;别人都提心吊胆的,你从来都没有担忧!"

咦?怎么这么一写,我反而觉得贫穷也挺好的呢,让我既不用怕小偷强盗,又能锻炼身体。算了,君子爱财,取之有道。估计我现在也找不到正当的生财方法,还是不赶贫穷走了,老老实实地穷着吧。

---

① 愆:同"愆",罪过;过失。
② 忒:更、变。不忒,不受影响。
③ 重蔽:层层保护。
④ 怵惕:恐惧。

那些差点被砍头的幸运儿

扬雄跳了一次楼,捡回一条命,这运气可不是说着玩玩的。唐朝也有一个文学家,跟扬雄一样犯了罪,他虽然胆子挺大,被抓了也没有跳楼,但他的运气和扬雄一样好,侥幸逃脱,被放了出来,这人就是王维。

当时唐朝发生了安史之乱,因为王维名气太大了,所以还没来得及跑,就被反贼安禄山给抓走了。王维精通音律,而《明皇杂录补遗》里记载安禄山喜好音乐,"致意乐工,求访颇切,于旬日获梨园弟子数百人",就是说安禄山到处寻找那些唱得好的乐工,不到几天就抓来了数百个。可见,安禄山抓来王维,并不是想让王维给他出谋划策,而只想让王维给他唱小曲儿、写曲谱。

这对王维来说可是奇耻大辱,一开始,他想跑却没能跑掉,后来,他又吃哑药、泻药,各种折腾,宁死不从,却还是被安禄山逼着当了个官。

有一次,安禄山在宫中的凝碧池宴饮,把那些被俘虏的宫廷乐工叫来奏乐助兴。这些乐工们不得已唱了起来,唱到一半,想起来以前这些歌都是唱给皇帝的,现在却唱给这个反贼,真是悲从心头来,忍不住哭了起来。

其中有个叫雷海青的乐工，直接把乐器丢在地上，冲唐玄宗李隆基离开长安的方向跪着大哭起来。安禄山被激怒，当场就让人把雷海青给杀了。

王维听说了这事儿，悲愤不已。正好这时好朋友裴迪来探望他，他就写了一首诗念给裴迪听。这诗的名字巨长，叫《菩提寺禁，裴迪来相看，说逆贼等凝碧池上作音乐，供奉人等举声便一时泪下。私成口号，诵示裴迪》，表达了王维对安禄山的憎恶以及对唐玄宗的怀念。

安史之乱平息以后，唐玄宗一看，王维竟然给安禄山做过官，就质疑起王维的忠心。质疑思路大致为：要是真的忠于朝廷，你就跑呀，跑不动也可以以死明志啊；你看看人家杜甫，一听长安陷落，马上就跑到四川来找

我,一路上九死一生,都没有投靠安禄山,这才叫忠心。

王维他弟弟王缙一听,糟糕,按照当时的律法,王维这罪行,重则死刑,最轻也得流放,就赶紧把王维写给裴迪的诗献上去。皇帝一看,哟,这人还挺忠心的,就有点儿心软了。王缙一看皇帝心软了,就趁热打铁,自愿贬官给哥哥求情。

正好,当时长安收复,百废待兴,好多地方重新修缮,得装饰白墙、画上壁画,上哪儿找个懂画画的人呢?王缙马上推荐王维:"我哥我哥!我哥会画画!"就这样,皇帝顺水推舟地把王维给放了,没有再追究他的罪行,甚至还让他又当了个小官。

和王维同一时期的杜甫,也是一个幸运儿。安史之乱爆发时,他正从长安赶去奉先探亲。听说唐玄宗跑到了四川,太子李亨在灵武(今甘肃省庆阳市)继位当了皇帝,成了唐肃宗。杜甫就急急忙忙地往灵武跑,想为皇帝效力。但是,他当时年纪已经不小了,还没跑多远就被安禄山给抓了起来。当时的杜甫可不像王维一样有名,只是个一心报国的默默无闻的文人罢了,所以也就逃脱了被强迫当官的命运。

被困在长安大半年以后,杜甫好不容易才找到机会逃了出来,跑到唐肃宗所在的地方,担任了一个名为左拾遗的官。

欢乐谷

贫穷

我跟在你身边是为了你好,你竟然还想赶我走,真是太不知好歹了!

哈哈哈哈哈哈,扬兄你怎么这么胆小啊!哈哈哈哈哈,笑死我了!

王维

李商隐

你跑啥?男子汉大丈夫,干了啥事儿承担不就得了嘛,干吗跳楼啊?

扫码听乐死人的故事

班　固

会打仗的史官

32年—92年，字孟坚

称　号：汉赋四大家之一
籍　贯：扶风安陵（今陕西省咸阳市）
代表作：《汉书》
　　　　《两都赋》
　　　　《封燕然山铭》
　　　　《白虎通义》

TA这一辈子

班固这辈子

班固是东汉著名史学家、文学家。在父亲班彪《史记后传》的基础上,他与妹妹班昭一同撰写了《汉书》;他还是"汉赋四大家"之一,撰写的《两都赋》开创了京都赋的范例;他也是经学理论家,撰写的《白虎通义》,集当时经学之大成,地位极高。

神奇的家族

班固这一家子,那叫一个神奇,为什么呢?班固是汉朝著名学者,也是"汉赋四大家"之一,还是《汉书》的主要作者。他爸爸呢,叫班彪,是东汉著名的史学家、文学家;伯父班嗣也是当时有名的学

者，崇尚道家思想；姑奶奶班婕妤①是西汉著名才女、汉成帝的妃子；弟弟班超是东汉重要的军事家、外交家，曾带着军队北击匈奴、出使西域，被封为定远侯；妹妹班昭是中国古代四大才女之一②，也参与编写了《汉书》。看看，这一大家子，几乎全是著名学者，真可谓名副其实的书香门第。

大胆基因代代传

班固除了继承他家的学者传统之外，还从他老爸那里遗传了一个很奇特的东西：大胆。父子俩都胆大包天不怕死。在中国历史上，大部分朝代的皇帝都不允许私修国史，即严禁个人偷写前朝或者当代的史书。原因一，每个人的关注点不一样，所以写出来的事件也不一样，比如说，一个谋反的人写史书，他肯定会把自己夸得天花乱坠，批评当时的皇帝是个小人；而皇帝呢，也会拼命夸自己，贬低谋反的人。这么一来，要是每个人都能写史书，那历史不就乱套了吗？原因二，每一个朝代都

---

① 班婕妤本名不详，"婕妤"是帝王妃嫔的称号。
② 中国古代四大才女分别是李清照、蔡琰、上官婉儿、班昭。另有说法认为是李清照、蔡琰、上官婉儿、卓文君，或是李清照、蔡琰、卓文君、班昭。

TA这一辈子

会有一些不那么光彩的事情，所以，为了掩盖这些事，皇帝会派专门的史官来写史书。要是允许私修国史，很多不好的事情可能都会被记录下来，就会破坏皇帝的好名声。所以，中国历朝历代，"私修国史"都是犯法的。

而班固老爸班彪，就是知法犯法，偷偷摸摸地在家里写史书。司马迁虽然写出了《史记》，但他只记录到了汉武帝元狩元年就去世了。后来，不少人都试着续写过《史记》，比如褚少孙、刘向、扬雄等。但是，这些人虽然很有文采，写史书却不拿手，续写得实在不怎么样。所以，到了班彪这儿，他也打算续写《史记》，还给自己写的史书起了个名字，叫《后传》。写史书可是个辛苦活儿，而且班彪开始写的时候年纪又很大了，所以才写了六十几篇，就去世了。

班彪去世的时候，班固才22岁，正在洛阳学习，听到这个噩耗，马上就回家给父亲守孝。他看到没有写完的《后传》，想实现老爸的理想，就开始接着写，这一写就是8年。30岁的时候，班固还没有写完史书，就被告发了。当时的皇帝是汉明帝，一听这事儿，大怒，马上就把班固关进了监狱。班固的弟弟班超一看，这还了得，自己亲哥哥被抓了起来，那是无论如何也要救出来的。于是班超骑着马，从家里一路飞奔到了京城，亲自到汉明帝那里解释，为哥哥求情。汉明帝看了看班超带来的史书手稿，发现班固并没有在史书里写汉朝顾虑的事情，而且文采还挺不错，于是就把班固给放了，还让他当了兰台令史①，相当于现在的图书管理员，可以天天在那里写史书。

不幸的是，班固不仅跟他爸一样大胆，还跟他爸一样命短，知晓自己大限将至时，班固就在考虑史书后继者的人选。弟弟班超虽然也挺有才，但因为不甘心替官府抄写文书，早已投笔从戎，做了武将，成天东征西战。幸好，班固还有个妹妹——班昭，虽然是个女子，却非常有才华，因此，班固就把这没写完的史书交给了班昭。最终，这本史书在班昭手里完成，名字就叫《汉书》。

---

① 兰台令史：官名。东汉时设立，掌管文书事务。

 TA这一辈子

今年57岁
我觉得自己还可以抢救一下

班固57岁的时候,母亲去世了,他就辞官回家,专心给母亲守孝。但是,就算在家守孝,班固也整天琢磨着要建功立业、施展才华。正好,当时汉和帝派大将军窦宪率领大军攻打匈奴,班固一看机会来了,急忙投靠窦宪,想跟着他一起打匈奴。窦宪见班固挺有才,就任命他当中护军,也就是管理兵士的长官,地位很重要。后来,窦宪带着军队打败了匈奴,俘获了很多马、牛、羊,还抓了二十多万俘虏。取得了这么大的胜利,窦宪特高兴,在当时的燕然山,也就是现在蒙古国的杭爱山上,找了一块大石头,让班固写一篇文章刻在上面以宣扬汉朝的威望,这就是《封燕然山铭》。

战争结束后,窦宪因为平定匈奴立下了大功,而班固与窦宪的关系很亲密,再加上随军出征有功,也受到了重视,眼看着就要走上人生的巅峰。

抢救失败

可是,好景不长。窦宪居功自傲、飞扬跋扈,朝中的大臣们都不敢得罪他。公元92年,窦宪密谋造反,不料事情败露,被逼自杀。班固因为和窦宪的关系很好而受到牵连,也被免了职,成了一个平民老百姓。当时,洛阳城的长官种兢,之前和班固有仇,一看班固被免了职,马上就开始进行报复,罗列了很多罪名陷害班固,把班固给抓了起来。班固最终在监狱里去世,那一年,他60岁。

汉和帝知道班固去世的消息后,非常惋惜,下令谴责种兢,还把害死班固的狱吏给处死了。

超级访谈

哥,怎么写史书啊

班昭

哥哥,我来看你了!你在这里过得怎么样?能吃饱吗?冷不冷?我给你带了肉包子,你快趁热吃!

妹妹,你来了!唉,我现在一点胃口也没有,你不知道,那种兢是个小人,我估计要死在这监狱里了,真是"早知今日,何必当初"啊!

班固

班昭

哥,你放心,我和班超都在想办法,你肯定会没事的。

我死了倒无所谓,关键是咱爹的史书我还没写完呢,以后可怎么办啊?班超那小兔崽子偏偏投笔从戎了,让他来续写史书,我可放心不下!

班固

班昭

哥,小妹我好歹也读了几年书,虽说比不上你和咱爹,但比班超还是强了不少,万一你出了什么事儿,就让我来续写这史书,行吗?

写史书可是个苦差事，你要是愿意，那就再好不过了。这样，趁着还有点儿时间，我跟你讲讲这史书的写法，免得你到时候无从下手。你之前看过司马迁写的《史记》吧？

班固

班昭

看过，我记得咱爹也说过，咱们现在写的就是《史记》的续篇，叫《后传》。

对，现在可不叫《后传》了，要叫《汉书》。你还记得《史记》的体例吗？它是纪传体，就是按人来写，而不是按年份写。而且它是通史，就是从上古时期一直写到司马迁那个时代。咱们这个《汉书》跟《史记》一样，也是纪传体，但不是通史，而是断代史，就是只记载西汉这一代的史事。

班固

班昭

我知道了。还有别的区别吗？我记得《史记》里面分了"本纪""世家""表""书""列传"五种体例，"本纪"是讲各个朝代皇帝的政绩，"表"是各个历史时期的大事年表，"书"是个别事件的记载，"世家"主要是讲贵族或者诸侯王的事儿，"列传"则是讲不同类型、不同阶层的人物，咱们的《汉书》也要这么分吗？

超级访谈

不不不,《汉书》里面把"书"改成了"志",又把"世家"并到了"列传"里,这么一来,《汉书》的体例就是"本纪""传""表""志"四种。

班 固

是这样啊,行,我记住了,还有别的吗?

班 昭

结构框架是最重要的,一定要记住。其他的话,有一个方面你得多注意一下,就是司马迁的《史记》里记载了很多帝王贵族的罪恶,而且他比较叛逆,不以成败论英雄,比如说,秦朝末年组织农民起义的陈涉,本来是个平民老百姓,司马迁却把他归到了"世家"里;再比如说和刘邦争天下的项羽,最后明明失败自杀了,司马迁却

班 固

把他归入了专门记载帝王事迹的"本纪"里。这些你肯定都知道,但我得提醒你,《汉书》可不能这么写,它是在皇帝的许可下写的,所以皇帝会查阅。你要是写了那些不好的事情,皇帝肯定不满意,到时候还不知道会出什么事儿呢,这一点你可千万得记住!

班昭

哥,放心吧,我会小心的。还有一个问题,就是我记载事迹的时候要写成什么样呢?跟《史记》一样简略记载行吗?

这可不行,《史记》是通史,记了将近三千年的历史,要是不简略,指不定得多少年才能写完呢。咱们这《汉书》只记了二百三十年的历史,当然得详细一点才行。

班固

班昭

我明白了。我得走了,哥,你好好保重啊,我们一定会救你出来,你等着我们!

特别推荐

你咋没写这个

　　我这个时代的人可讲孝道了，父母死了，不管你在哪儿，都得回家守孝，一守就是好几年。这不，我还在太学①上学呢，有人跟我说我爹去世了，我就赶紧回来守孝。唉，子欲养而亲不在，我太怀念我爹了，正好看见他的手稿，就决定继承我爹的事业——为《史记》写后传！哈哈哈哈哈，我，马上就要成为流芳千古的伟人了！

　　虽然是续写《史记》，但我不愿意模仿它，要是不能写出自己的特色，那还有什么意思？话说回来，我前几天又看了一遍《史记》，发现我和司马老兄对历史的看法还真是相差挺大的。

　　最主要的一点差异，就是我们写史书的目的不一样。司马老兄写《史记》，除了宣扬汉朝的威望之外，还有一个很重要的目的，就是"究天人之际，通古今之变，成一家之言"，也就是探究历史发展的规律，反映历史现实。而对我来说，只有一个主要目的，就是赞美、颂扬大汉王朝。

---

① 太学是中国古代的国立最高学府。

目的不一样，写出来的史书自然也就差异很大。比如《史记》的本纪，也就是记载帝王事迹的那一部分，是重实不重名，就是更看重事实，而不是看重名位。这么一来，项羽、吕后这些虽然没当过皇帝但也掌握了国家大权的人就被写在了里面。但要我说，本纪应该是重名不重实，要以他们的名位为标准，还要符合儒家思想。哪怕这人权力大过天，全天下都得听他的，只要他没有通过正当途径当上皇帝，那他就不能被写到本纪里。所以，我写《汉书》的本纪部分时，是绝对不可能把项羽、吕后这些人写进去的，像王莽这种篡位夺权的谋逆之人就更不可能了。

司马老兄为了反映历史事实，在《史记》的列传里面，也会写一些地位很低但对社会影响很大的人。比如《刺客列传》里记载的曹沫、专诸、豫让、聂政、荆轲这五个刺客；再比如《滑稽列传》里淳于髡、优孟、优旃等这些言辞流利、思维敏捷的滑稽人物。但对我来说，我只要宣扬汉朝的威风就行，没必要写这些无关紧要的小人物，所以我就把这些全部换掉，改为记载外戚、皇后、宗室等，这才是更重要的。

还有，因为目的不一样，我俩史书的取材也相差很大。司马老兄在《史记》里不光引用了很多经术文章，

特别推荐

还记载了不少民间的谚语歌谣。比如，《淮南衡山列传》里就有一首民歌："一尺布，尚可缝；一斗粟，尚可舂。兄弟二人，不能相容。"他用这首民歌来形容汉文帝与弟弟淮南王手足相残的情形。但在我看来，史书可是很正式的，怎么能用民间这种鄙俗浅陋的歌谣呢，太不高雅了。所以我在《汉书》里采用的是比较正式的文献辞赋，不会像司马老兄一样写得那么生活化。

不过，仔细想想我和司马老兄所处的时代和个人经历，基本上也能理解为什么我和他史书的写作理念这么不一样了。

一方面，在司马老兄那个时代，虽然汉武帝"罢黜百家，独尊儒术"，把儒家思想作为社会正统，但当时的儒家思想毕竟还发展得不算太繁盛。到我这个时代，儒家思想已经很牛了，地位超级高，所以我受儒家思想的影响可比司马老兄大得多，写史书的目的自然也就不同了。

另一方面，我和司马老兄的人生经历也相差挺大的。司马老兄惨遭宫刑，受了很大的打击，他写《史记》也是在抒发心中的抑郁不平，所以《史记》中的爱憎感情很浓烈。而我呢，虽然因为私修国史被抓了起来，但也没受什么苦，反而还被封了个官，过得挺不错，所以心里也没那么多要抒发的不满和愤怒,写出来的史书就比较客观,而且典雅规范。

虽然我俩差距挺大,但我还是很佩服司马老兄,所谓英雄惜英雄吧,哈哈哈哈哈哈!

文苑杂谈

中国古代的才女们

中国古代有"四大才女",但到底是哪四大才女,却有各种各样的说法,主流观点主要有三种:

四大才女				
说法一	李清照	蔡　琰	上官婉儿	班　昭
说法二	李清照	蔡　琰	上官婉儿	卓文君
说法三	李清照	蔡　琰	卓文君	班　昭

李清照就不用说了,宋代女词人,她的词写得很有特色,是婉约派的代表人物,还被称为"词家一大宗"。更厉害的是,她还被称为"千古第一才女",要知道,在中国历史上,被称为"千古第一"的文人本就不多,更别说是一个女子了。李清照的好多词咱们都学过,比如"寻寻觅觅,冷冷清清,凄凄惨惨戚戚",再比如"昨夜雨疏风骤,浓睡不消残酒,试问卷帘人,却道海棠依旧。知否,知否?应是绿肥红瘦。"

蔡琰,字文姬,所以又被人们称为蔡文姬,是东汉大文学家蔡邕的女儿。蔡文姬小时候就很聪明,极其擅长音律。有一次,蔡邕在屋子里弹琴,不小心弹断了一根琴弦，年幼的蔡文姬居然能隔着墙壁在另一间屋子里听出来断的是哪根琴弦。后来，蔡文姬被掳到了匈奴，嫁给了匈奴人，过了好多年才被她爹的好朋友曹操给赎回来。尽管经历坎坷，蔡文姬还是写出了不少优秀的诗歌。虽然流传下来的只有《悲愤诗》（二首）和《胡笳十八拍》，但还是可以看出她是个才华横溢的女诗人。

上官婉儿是唐代人，她从小特别聪慧，十四岁的时候就被当时的女皇帝武则天召到宫里当官，专门负责起草诏书，地位很重要，被人们称为"巾帼宰相"。后来，上官婉儿被封为昭容①，成了唐中宗的妃子。这时她的权势就更大了，以皇妃的身份掌管着朝廷的政令文书。因为才华出众，地位又高，天下的文人都非常仰慕她，争着聚集在她门下，希望能得到她的指教。

卓文君生活在西汉时期，她老爸卓王孙是当时的四川首富，因为家里很有钱，卓文君从小就受到了很好的教育，会弹琴，会写诗，在当时很有名气。她写的很多诗，咱们现在都听过，比如"愿得一心人，白头不相离"。然而，卓文君被后世所知、负有盛名却不主要是她的才华，而是她和大文人司马相如的爱情故事。当时，司马相如到卓文君家里做客，二人一见钟情，卓文

---

① 昭容是古代妃子的一个等级。

文苑杂谈

君就跟着司马相如私奔，到了司马相如老家。

但司马相如非常穷，家里要什么没什么，后人还根据他的家境创造了一个成语"家徒四壁"，就是家里穷得只剩下四面墙，可见司马相如当时有多穷。没办法，卓文君只好跟着司马相如去卖酒，《史记》里说她是"文君当垆"，"垆"就是放酒的酒墩子。在那个时候，富贵人家的小姐都是大门不出二门不迈，不会抛头露面的。要是哪家的小姐整天在外面闲逛，会被人看不起。所以，卓王孙一听自己的女儿在外面卖酒，气得不行，马上就派人给她送钱送奴婢，接济她的生活。后来，司马相如终于凭借自己的才华当上了大官，把卓文君接到都城，两人过上了好日子。

文苑杂谈

班昭是班固的妹妹。她除了替老爸和哥哥续写《汉书》以外,还曾经被多次召到宫里教导皇帝的妃子们,被称为"大家",就是很有学问和威望的人。后来,邓太后掌握朝政,班昭还参与商议政事,帮着管理国家。她写的《东征赋》《女诫》这些作品对后世有很大影响。

 欢乐谷

七嘴八舌

主持人：才女选秀节目正式开始，下面有请各位选手上台：李清照、卓文君、蔡琰、班昭、上官婉儿，掌声欢迎！

司马迁：哼，你就算再厉害，写出来的也不过是我的续篇罢了，真不自量力！

汉和帝：我要是早知道你被陷害进了监狱，那我肯定会把你放出来，你怎么不早告诉我呢？

扫码听乐死人的故事

张 衡

啥都会的全才

78年—139年，字平子

称　　号：汉赋四大家之一
籍　　贯：南阳西鄂（今河南省南阳市石桥镇）
代表作：《灵宪》
　　　　《归田赋》
　　　　《二京赋》
　　　　《张河间集》

TA这一辈子

张衡这辈子

张衡是东汉有名的文学家,为汉代辞赋的发展做出了巨大贡献,甚至开创了一种新的赋——抒情小赋,就是篇幅很短的、专注于抒发情感的赋。要知道,在当时,赋主要用来歌颂皇帝的功绩和汉朝的伟大,一篇比一篇长,所以,张衡抒情小赋的出现,可以说是一个创举。

只有你想不到,没有我做不到

实际上,张衡的才华可不只限于文学。为什么这么说呢?因为张衡还是个发明家、数学家、天文学家、画家、机械工程师……总之,他就是中国历史上一个什么都会的大天才。

在发明上,张衡发明了地震预测器——地动仪、星象观测器——浑天仪、汉代版指南针——指南车、自动日历——瑞轮荚、汉代版计步器——记里鼓车等。

数学方面,张衡写过一部《算罔论》,研究了球的外切立方体积和内接立方体积,研究过球的体积,其中还定圆周率值为10的开方,这是中国第一个理论求得 π 的值。

张衡还写过一本《灵宪》,认为宇宙是无限的,天体的运行是有规律的,还解释了月食、冬季夜长夏季夜短等各种现象的原因,计算出一周天[①]为三百六十五度又四分度之一,与现在我们算出的数值差别很小。

同时,张衡还是个画家。虽然他的画作没有流传下来多少,但唐代张彦远在《历代名画记》中称赞他"高才过人,性巧,明天象,善画",又记有"张衡作《地形图》,至唐犹存"。可见,张衡也精于绘画。

机械方面,张衡发明过一种带有三个轮子的器械,可以自己转动;还发明过一只木雕,能自己在天上飞。所以后世都称张衡为"木圣"。

由于张衡的贡献突出,月球背面的一个环形山被命名为"张衡环形山";1977年,国际小行星中心批准,把一个小行星命名为"张衡星";2003年,国际小行星中心为纪念张衡及其诞生地河南南阳,将小行星9092命名为"南阳星"。

地震预测?恕我直言,没人能比过我

据《后汉书》记载,在张衡的种种发明里,有一个

[①] 一周天指绕天球的大圆周,天文学上以360°为周天。

TA这一辈子

很神奇的东西，叫地动仪，像个大圆球，上面有八条道，表示八个方位，每个方位上有一条铜龙，龙嘴里还含着一颗铜质的珠子，龙下面有八只正张着嘴等着接龙嘴里珠子的蟾蜍。要是哪里发生了地震，对应方位的那条龙嘴里的珠子就会掉到蟾蜍嘴里，这样人们就可以及时知道哪里发生了地震。

  这地动仪刚被发明出来的时候，人们都不相信会有这么神的机器，都觉得张衡是在骗人。过了一段时间，这个地动仪突然晃了一下，西边的一条龙嘴里的珠子掉了下来，但是当时没有人感觉到地震，大家就都嘲笑张衡："你这发明太没用了吧，还不如拿去卖废品呢，搁这儿多挡路啊。"张衡呢，也不生气，就慢悠悠地听人们嘲笑他，什么话都没说。过了没多久，就有人来报信，说西边发生了地震。这下，大家都不敢再嘲笑张衡和他的地动仪了，皇帝也派人来每天观察地动仪，看有没有哪个地方发生地震。

我写得更丰富

司马相如

现在写辞赋的套路也太深了吧？一个两个的，都跟我的《子虚赋》和《上林赋》差不多，这到底是怎么回事儿啊？

啊，发生什么事了？这不是司马相如先生吗？

张　衡

司马相如

哼，你可别跟我装蒜，一个个的不好好学写文，都来模仿我，真是不求上进！班固说他那《两都赋》只是形式跟我像，内容不一样，我就姑且饶了他。你呢？你这《二京赋》跟我的文章这么像，你怎么解释？

哎呀，原来是这么回事儿，司马相如先生，您可冤枉我了，我这《二京赋》还真不是模仿您的。因为我这文章啊，虽然结构跟您的一样，但内容是很不一样的，您呢，是写了天子狩猎的场景，而我是写西京长安和东京洛阳的场景，这可差远了啊！

张　衡

超级访谈

司马相如

那你这文章岂不是跟班固的《两都赋》很像，都写长安和洛阳，都写长安的奢华无度和洛阳的俭约之德。

不一样不一样，班固他写《两都赋》，主要是想劝皇帝不要迁都，而我写《二京赋》，目的是劝皇帝要节俭。我的《二京赋》里面还写了更多的社会现象，内容更丰富一点儿，连后世的大文学家郭沫若都说我这文章在汉代文学中地位优越呢。

张 衡

司马相如

是吗？这么厉害？那给我讲讲你是怎么写的呗。

没问题，其实啊，我是虚构了两个人物，一个叫凭虚公子，另一个叫安处先生。这俩人一起聊天，凭虚公子就夸赞长安城，说长安地势好、宫室辉煌、守卫严整、后宫奢华、人民也富足安乐，几乎就是个人间天堂。安处先生一听，很不服气："你这算什么人间天堂，洛阳城才是真正的繁荣昌盛！不管是朝会还是郊祀，无论是田

张 衡

猎还是亲农,君主都很重视,典礼也很庄重,这样重视礼教的地方,是你那个奢华无度的长安城根本就比不上的。"

然后呢?这样就完了?你这也太敷衍了吧,至少说说最后谁辩论赢了啊。

对啊,这样就结束了,还写什么啊?哎,我说老兄,你这关注点是不是有点偏啊?我写这文章可不是为了辩论的。我是想劝诫现在的君主,看看西汉都城长安,太过奢华,没有礼治,再看看咱们东汉,奢未及侈,俭而不陋,这才是大国之风,您可要吸取西汉的教训,不能重蹈覆辙了。

我有点糊涂了,张老弟,你这文章是写得挺好,但这种劝诫君主的赋很多啊,为什么偏偏你的这么有名呢?

其他人写的赋,一般就是描写皇室贵族的奢侈生活,不会再写到其他的内容。但我不一样,

超级访谈

我还写了很多市井生活场景，记录了人们的生活状态。比如说我在《西京赋》里就记载了一些杂技戏耍："乌获①扛鼎，都卢②寻橦。冲狭③燕濯④，胸突铦锋⑤。跳丸剑之挥霍，走索上而相逢。"有像乌获一样力气巨大的人表演扛鼎，像都卢一样身体轻盈的人在表演攀爬细长的杆子。还有钻刀圈、燕子点水、锐器刺胸等各种杂技，人们从弹丸、利剑之中跳来跳去，在绳索上相对行走。而且还有"总会仙倡，戏豹舞罴。白虎鼓瑟，苍龙吹篪⑥"的场景，那些能歌会舞的仙子们聚集在一起，与豹子嬉戏，让熊罴跳舞、白虎鼓瑟、苍龙吹篪。当然仙子、豹子、熊罴、白虎、苍龙都是人们扮演的。

司马相如

这么一说，你这《二京赋》写得确实还不错，算是跟班固的《两都赋》各有千秋、不分伯仲吧！说起来，你这文章还挺有价值的。像我的《子虚赋》和《上林赋》、班固的《两都赋》里都只写了两地的景色、风物，你还写了杂技这些社

---

① 乌获：战国时期秦国的力士，后为力士的泛称。
② 都卢：泛指古代善爬竿之技的人。
③ 冲狭：古代的一种杂技，有点像现在的钻刀圈。
④ 燕濯：古代的一种杂技，有点像现在的燕子点水。
⑤ 铦锋：刚锐的锋芒。
⑥ 篪：古代的一种乐器。

会活动，后世人们研究起汉代的社会历史来就方便多了！看起来，写文章可不能只求文字华丽，还是要包含更多的信息才行啊。

谢谢司马相如先生夸奖！您可是我的偶像，我一定会好好努力，加油写文的！

张 衡

特别推荐

我要辞职

气死我了！一个月前，我向皇帝进言，想让他警惕宦官们勾结起来夺权，建议他抑制宦官的权势。可是，没过几天，皇帝就下令允许那些被封成列侯的宦官们收养义子，继承爵位。这么一来，这些宦官不就和那些贵族世家地位一样了吗？要知道，他们只是宫里的奴仆啊，现在竟然都能跟大臣们平起平坐，这还了得！

今天，皇帝在朝堂上问我："现在天下百姓最憎恨的是哪种人？"这还用问吗？我真想大声喊出来："老百姓最恨的就是这些宦官！"但是，我不敢啊！那些宦官们身居高位，虎视眈眈地盯着我，我还能说什么呢？只能跟皇帝打个哈哈，随便糊弄过去。这真是奇耻大辱！

这样腐败的朝廷，我还待在这里干什么？不如回家去种地！想象一下回家以后，仲春二月，气候温和，天气晴朗，高原与低地树木茂密，杂草滋长，王雎在水面张翼低飞，黄鹂在枝头婉转歌唱，真是"仲春令月，时和气清；原隰①郁茂，百草滋荣。王雎②鼓翼，鸧鹒哀

---

① 隰（xí）：低湿的地方。
② 雎：一种鸟的名字。

鸣"。在这样美好的景色里,我怎么还会这么纠结痛苦,到时候,我肯定会"仰飞纤缴①,俯钓长流……弹五弦②之妙指,咏周孔之图书。挥翰墨以奋藻,陈三皇之轨模"。每天向云间发射箭矢,往河里撒下钓丝,弹奏五弦琴,读圣贤书,提笔作文,施展文采,述说古代圣王的教范。

哎呀,越想象越觉得这日子太美了,真恨不得自己现在就回老家。我决定了,明天一大早,我就去给皇帝上书乞骸骨③,我要辞职!

---

① 缴:系在箭上的细生丝绳,射鸟用。
② 五弦:五弦琴的简称。
③ 乞骸骨:自请退职,意为请求使骸骨归葬故乡,回老家安度晚年。

文苑杂谈

我可是全才

除了张衡以外，中国历史上还有不少人，都可以算是全才。

比如北宋时的沈括，他是当时有名的政治家、科学家，在数学、物理、化学、天文、地理、医药、经济、艺术、军事等方面"无所不通，皆有所论著"，被李约瑟誉为"中国整部科学史中最卓越的人物"。

在数学上，他发明了隙积术、会圆术；在物理上，他是世界上最早经实验证明磁偏角的人；在光学和声学方面，他的成就也领先世界几百年之多；在化学方面，他发明了胆水炼铜和石油制墨，还最早提出"石油"这个词，预言说"此物后必大行于世"，也就是说石油以后一定会在世界上非常流行；在天文方面，他改进浑仪、漏壶等仪器，制造了测日影的圭表，创制了《十二气历》；在医药上，他著有《良方》和《灵苑方》；在水利方面，他疏浚汴河，著有《圩田五说》《万春圩图书》；在经济方面，他改革了盐钞法和铸铜法……

再比如南朝时期的祖冲之，咱们现在都知道他发现了圆周率，是世界上第一位将圆周率精算到小数第七位的数学家，领先世界八百年。为了纪念他，国际天文学家联合会还把月球上的一座环形山命名为"祖冲之环形山"。

与此同时，祖冲之还是个天文学家、机械师、音乐家、哲学家等。他推算出一个回归年的长度是365.24281481日，跟现代的推算值365.24219878日非常接近；他的《大明历》使我国历法水平达到了一个崭新的高度，首次引入了"岁差"的概念，首次提出"交点月"的计算方法，从而使得历法更加精确；他也是精通机械的科学家，设计制造过水碓磨、千里船、定时器、铜制机件传动的指南车等，其中的水碓磨，在1600多年后的今天，中国部分农村还在使用。

哈哈哈哈哈我上天了！

七嘴八舌

沈括

张衡先生,我可太佩服您了!您能给我签个名吗?要是能跟我拍个合影就更好了!

皇帝

我的妈呀,张衡这地动仪真牛啊!有了这东西,就再也不愁地震救灾来不及了。

班固

哼,就算你说得再好听,你也抄袭了我的文章结构,我还是比你强!

扫码听乐死人的故事

祢　　衡

话多还犀利的傲气文人

173 年—198 年，字正平

籍　贯：平原郡（今山东省德州市临邑区德平镇）
代表作：《鹦鹉赋》
　　　　《吊张衡文》

TA这一辈子

祢衡这辈子

祢衡是东汉时的一个奇才，才华极盛，连几百年后的诗仙李白都专门写了一首诗怀念他"鸷鹗啄孤凤，千春伤我情"。李白把祢衡比喻成凤凰，把杀害祢衡的人比作恶鹰，说祢衡这只凤凰却死在恶鹰的爪下，一想到这事儿，他就觉得伤心。你可别怀疑，祢衡这个人，还真受得起李白这样的夸赞。

才华当然是标配

祢衡极其有才，连《后汉书》都说他"少有才辩"。在荆州时，当时的荆州老大刘表和其他士大夫都非常佩服他，讨论文章政策都必须听听他的意见，要是祢衡不说话，那这政策就没法儿定下来。有一次，祢衡正好不在，刘表只好和几个士大夫凑在一起，绞尽脑汁写了一篇奏章。祢衡回来一看，这啥玩意儿啊，马上把奏章撕碎扔在了地上。刘表心里那个气啊，再怎么说，我也是这儿的老大，你也太不尊重人了。可还没等他发火，祢衡就让人拿来纸笔，大笔一挥，立刻写了一篇奏章出来，言辞华美、语义通畅。刘表特别高兴，从此更加器重祢衡了。

后来，祢衡到了黄祖那里，跟黄祖的长子黄射成了好朋友，天天混在一起玩。有一次，他们一起外出游玩，看见蔡邕写的一篇碑文，正好黄射是蔡邕的铁杆粉丝，二人就站那儿欣赏了半天。回到家，黄射才想起他没有把碑文抄下来，心里特别遗憾。祢衡一听这事儿，马上跟黄射说："吾虽一览，犹能识之，唯其中石缺二字，为不明耳。"意思就是说，我虽然只看了一遍，但还记得碑文上的内容，只是碑文上缺了两个字，这个我就不知道了。黄射一听，半信半疑，哪有记忆力这么好的人？祢衡当场就把碑文写了出来。黄射也不傻，虽然你写出来了，但说不定你是蒙的呢？就派人骑马去把碑文抄了回来。一对比，果然，一字不差。要是在现在，估计祢衡都可以去做记忆力训练的代言人了。

论毒舌，还没怕过谁

祢衡虽然挺有才，但也非常毒舌，常常凭着自己头脑机灵、言辞伶俐，对别人连嘲带讽、百般羞辱。有一次，祢衡到许都游学，想要找个官做。正好当时许都刚

TA这一辈子

刚建立,有很多贤能的人都到了许都。有人一看祢衡这么有才,就给他提建议,问他干吗不去投奔当时有名的大臣陈群和司马朗。祢衡一听:"你这不是在侮辱我吗?我这么有才,怎么能投奔陈群和司马朗这种人?就他们那点才华,去杀猪卖肉还差不多!"旁边的人听见这话,大吃一惊,这两个人可都是当世名臣,祢衡这么说他们,不怕得罪人吗?于是又问他当时的另外两个名人荀彧和赵融怎么样,祢衡才不顾及是否得罪人,马上就说:"荀彧这人长得不错,可以借他的脸去吊丧,估计效果很好;赵融嘛,肚子大,一看就喜欢吃,让他当厨师正合适。"

活跃在不怕死的第一线

因为祢衡才华极盛,又傲气十足,所以得罪了不少人。当时,曹操挟天子以令诸侯,掌握了东汉政权,权势滔天。正好,祢衡的好朋友孔融在曹操手下当官,替祢衡写了一封推荐信,献给了曹操。曹操也听说过祢衡的盛名,就派人去请祢衡来当官。祢衡可看不上曹操这种篡位之人,就拿生病当借口,不愿意投靠曹操。后来,曹操听说祢衡善于击鼓,就召他当鼓史。有一次,曹操大宴宾客,让祢衡去击鼓,祢衡穿着破破烂烂的衣服就上去了。还没走到鼓前,一个官吏就来拦住他,递给他一套完好的衣服，让他穿好再上台。祢衡被拦了，很是不爽，也不去换衣间，直接站在台上，把自己身上的衣服脱光，赤身裸体地换上了送来的衣服，面不改色，上台击鼓去了。

祢衡自己是爽快了，他的好朋友孔融却在台下看得心惊胆战，生怕曹操一怒之下把祢衡杀了。事后，孔融马上去找祢衡，让他给曹操道歉。祢衡见老朋友来劝他，假装答应，说会去道歉。孔融便高高兴兴地去跟曹操汇报，说祢衡要来赔罪。曹操也很高兴啊，这么有名的文人来给自己道歉，多有面子，就在家里等祢衡。等啊等啊等，一直等到很晚，才看到祢衡穿着破衣服来了。祢衡也不进门，就坐在曹操家大门口，用手捶地，大骂曹操。曹操被气了个半死，又不敢杀祢衡，就把祢衡送到了刘表那里，可谓"眼不见心不烦"。

刘表是汉末的"八骏"之一，自从担任荆州的地方长官以后，发展经济，安置流民，把荆州治理得井井有条，可见他非常有能力。然而，即使是这样的人，祢衡都看不上，他天天谩骂侮辱刘表，拽得不行。刘表没办法，又把祢衡送到了江夏太守黄祖那里。

黄祖可是个暴脾气，没那么有耐心，可祢衡不知收敛，还是积极活跃在作死的第一线。有一次，黄祖宴请

TA这一辈子

宾客，有人向祢衡提问，可祢衡就跟没听见一样，安安稳稳坐在那儿，一句话也不说。黄祖很疑惑，就问祢衡怎么了，祢衡慢悠悠地回了一句："君子宁闻车前马屁？"意思就是说这人说话跟放屁一样。黄祖一听，觉得祢衡太粗俗太失礼了，就斥责祢衡不懂礼数。祢衡是什么人，哪里容得下别人斥责他，马上就顶回去，骂黄祖是"死锻锡公"，也就是死老头。这话一出来，黄祖马上就像个被点着的炸药桶似的，气到极点，让人把祢衡杀了。就这么着，祢衡死在了黄祖手下，结束了他的作死生涯。

你也爱养鸟

李白:正平兄,你在家吗?是小弟我啊,给我开一下门呗!给你看个好东西!

祢衡:咦,这不是李太白吗?你怎么有空来我家了?

李白:其实也没什么大事儿,你也知道,我特爱养鸟,昨天我看了你写的《鹦鹉赋》,想起我之前还夸你这篇文章是"锵锵戛金玉,句句欲飞鸣",音韵婉转,描写逼真。正好,我前几天买了一只特珍贵的鹦鹉,就带来给你看看。

祢衡:这你可错了,我写《鹦鹉赋》可不是因为我喜欢鹦鹉,而是别有用意啊。当时,我因为太耿直得罪了曹操,被他送到了刘表那里,但刘表也受不了我,又把我送到了黄祖那儿。幸好黄祖的儿子黄射跟我关系挺好,我才稍微过得舒心一点儿。

超级访谈

有一次，黄射举行宴会，正好有个客人带来了一只鹦鹉，黄射就让我写一篇描写鹦鹉的赋，让大家都高兴一下，所以我才写的。这在《鹦鹉赋》的序文里就有，一看你就没有认真看我的赋！而且，这《鹦鹉赋》可不是一味地描写鹦鹉，还包含了我的政治志向呢！

李白

哎呀！你们汉朝人咋都这样啊？我之前去找赵壹，他不是写了篇《穷鸟赋》吗，我还以为他是个爱鸟的，结果他说他只是为了表达自己的政治抱负才写的。现在你又这么说，真是的。

别急别急，听我说完啊。你想想，要是你处在我那样环境里，会愿意给他们写一篇夸赞鹦鹉的赋吗？不会吧？我当然也忍不了。所以，我就在文章里夹带了一些我个人的思想情感。而且，我生活在东汉末年，社会实在太混乱了，好多人写赋的时候都会托物言志、批评政治。不瞒你说，我这篇《鹦鹉赋》就受到了赵壹的影响呢。

祢衡

超级访谈

李白

哟,听起来有点意思,那你给我讲讲呗?

祢衡

行啊。在文章一开头,我便着重夸赞鹦鹉,说它羽毛明辉鲜丽,才性机灵聪慧,情趣优雅高洁,"**配鸾皇而等**①**美,焉比德于众禽?**"鹦鹉和凤凰一样美,怎么能把它和那些寻常的鸟类放在一起比较呢?

然而,鹦鹉这么美,自然就有觊觎它的人,权贵们喜爱它的美丽聪慧,就派人到处捕捉它们,"**跨昆仑而播弋**②**,冠云霓而张罗**",这些猎人跨越昆仑山,发射带绳的箭镞,穿过云霓,布下天罗地网。鹦鹉无处可去,"**闭以雕笼,翦其翅羽**",被关在精美的笼子里,剪去了翅膀上的长羽,天天哀鸣着,"**痛母子之永隔,哀伉俪之生离**",悲痛母子永别,悲痛夫妻被活生生地分离,身不由己,无以为乐。

---

① 等:相配的。
② 播弋:布设用绳系着的箭。

李白　　这鹦鹉本来在外面飞得好好的,却被人给捉进笼子,太惨了吧!

唉,谁说不是呢,其实,我写鹦鹉也是在写我自己啊。鹦鹉就好比那些有才能的人,而捉住它的就是那些权贵奸臣,我这是在批评东汉末年有权有势者压迫忠正贤良的行径。而且,你看看我,被曹操送到刘表那儿,又被刘表送到黄祖那儿,一次次地被转送,没有人认可我的才能,我也没有机会实现自己的抱负,可不就跟这鹦鹉一样吗?

祢衡

李白　　原来是这样!这下我懂了,正平兄啊,要我说,这方面你就不如兄弟我。我也是看不起那些有权有势的奸佞小人,特想找个机会大展才华,但老是找不到机会,还被皇帝给赐金放还了,跟你一样惨,可我不还是好好的吗?要是我身体好点儿,再活几年,我觉得我一定能当上大官!

行吧,唉,生不逢时啊,也是没办法的事,我只好多写几篇文章来批评一下那些奸佞小人,希望能有点儿用吧。

祢 衡

李 白

正平兄,听小弟一句话,"天生我材必有用,千金散尽还复来",总会有人赏识你的。别愁了,走,去我家,我把这鹦鹉放下就请你喝酒去!

走,咱哥儿俩今天不醉不休!

祢 衡

特别推荐

张衡啊,我好想见你啊

今天闲着没事干,突然想起孟子他老人家说过这么一句话:"颂其诗,读其书,不知其人,可乎?是以论其世也。是尚友也。"意思就是说,吟咏古人的诗,读古人的书,却不知道他们到底是什么样的人,这样难道可以吗?所以要研究古人所处的社会时代。这就是上溯历史与古人交朋友。

孟子这话说得太对了!说起来,我也有这么一个神交已久的朋友,虽然我出生的时候他已经去世几十年了,但我和他的生平际遇真是太像了。我俩都挺有才,都生活在乱世,都受到权贵的压迫排挤,都怀才不遇,抱憾终生。这个人就是张衡。我得写一篇《吊张衡文》悼念一下。

"南岳有精,君诞其姿",张衡才资极美,就像南岳衡山有它天然的精气一样,张衡也有着秀美的资质,所以卓越不凡。"清和有理,君达①其机",天地万物的种

---

① 达:了解、知道。

种变化都有奥秘的玄理，而张衡通晓了这种玄理，所以能够"下笔绣辞，扬手文飞①"，下笔时丽句频出，举手之间文采飞扬。

但是，这样一个才高气洁的人，却偏偏生活在东汉末年，"苍蝇争飞，凤皇已散。元龟②可羁，河龙可绊"。苍蝇蚊虫争着乱飞，凤凰却已经消失了；用于占卜的元龟可以被羁捕，传说中的河龙也可以被绊住。在这样的环境里，张衡的遭遇真是太不幸了。然而，"石坚而朽，星华而灭。惟道兴隆，悠永靡③绝"。地上的石头、天上的星星，是最坚硬最永恒的东西，它们也会腐朽熄灭，只有那些像张衡的文章一样合乎道的东西，才会久远地流传下去。

虽然我比张衡晚出生几十年，但我"身亦存游"，也是一个依存于德行的饱学之士。"士贵知己，君其勿忧"，君子贵有知己，张衡您不要担忧，放心地安息吧！

唉，估计大家也看出来了，我悼念张衡，其实也是在哀叹自己的命运啊，希望张衡地下有知，能够给我托

---

① 文飞：文采飞扬。
② 元龟：古代用来占卜的大龟。
③ 靡：不会，没有。

特别推荐

个梦,指点我一下,让我能像他一样,在乱世中找到一种生存之道吧!

我也是被写进过书里的人

祢衡这人,既有才,又毒舌,还很有气节,哪怕面对曹操这种有权有势之人,都敢直言以对,因此,祢衡非常受后人尊重。

明代的时候,有一个叫徐渭的文人,觉得自己的命运跟祢衡挺像,就以祢衡击鼓骂曹操的事儿为基础,写了一部杂剧,叫《狂鼓史渔阳三弄》,讲了这么一个故事:

祢衡死后,在阴间待了一段时间,就奉天帝的命令上天庭当修文郎。正要走的时候,阴间的判官突然想起祢衡在阳间当渔阳击鼓令时,曾经借口说自己有狂病,翻了不少古书,写了一支曲子叫《渔阳三弄》,专门嘲讽曹操。听说这支曲子很有名,但判官没有听过,特遗憾,于是就求着祢衡在上天之前演一遍《渔阳三弄》。正好当时曹操也死了,判官就让曹操也来出演,和祢衡一起,按原样重演了一遍。演完以后,祢衡就上天当官了,只是可怜了曹操,不仅又被骂了一遍,还被关了起来,继续在阴间受苦。

文苑杂谈

在中国文学史上,像祢衡一样受到后世尊重,被写入文学作品的人可不在少数。比如跟祢衡处在同一时期的另一个文人王粲,他也极有才华,是当时有名的偶像天团"建安七子"中的一员。他写过一篇《登楼赋》,主要表达了自己怀才不遇、思念家乡的情感。到元代的时候,杂剧家郑光祖就把这事儿写成了杂剧,名叫《王粲登楼》。虽然名字相似,但讲的故事可是天差地别:

说三国的时候,王粲他老爸和蔡邕是好朋友,正好当时二人的妻子都怀孕了,便指腹为婚,也就是互相商量,说生下来的孩子要是一男一女,就让他们结婚。所以,王粲一生下来就有一个跟他差不多大的妻子了。后来,王粲他妈想让他进京找蔡邕,想谋个官职。结果呢,王粲虽然有才华,却特别傲慢,蔡邕就想教育他一下,于是故意怠慢他,王粲果然被气走了。蔡邕又去找曹植,让他给王粲送银子,免得王粲被饿死,还让他推荐王粲到荆州的长官刘表那里当官。但刘表一见王粲个子矮,长得又丑,性格还不好,就以貌取人,觉得王粲没什么才华,不愿意任用他。没办法,王粲只好去找好朋友许达,在他住的那座楼里喝闷酒,思念家乡。但好运来了挡都挡不住,正当王粲特别郁闷潦倒的时候,他之前写过的一份给皇帝的谏言被蔡邕和曹植送到了皇帝面前。

皇帝一看他写的文章，惊为天人，马上就封他为天下兵马大元帅，让他当了大官。这时候，蔡邕和曹植才告诉王粲真相，他就和蔡邕的女儿结了婚。

欢乐谷

七嘴八舌

黄 祖

哼！你可别怪我心狠，要不是你说话太过分，也不至于被我杀了，要怪就怪你自己吧！

唉，我还以为好不容易找到一个跟我一样爱鸟的人呢，太可惜了！

李 白

陈 群

敢说我卖猪肉？我告诉你，我可是朝廷重臣，你才是卖猪肉的呢！

扫码听乐死人的故事

古诗十九首

十九朵哀愁的花

来　源：南朝萧统编入《文选》
内　容：劳动、爱情、战争等方方面面
地　位："五言之冠冕"

为啥会有游子思妇

在中国古代,交通可不像咱们现在一样方便,古人要么骑马坐车,要么步行,即使距离很短,也要走上好几天甚至好几个月、好几年。但总不能因为交通不方便就不出门吧?尤其是商人和想要做官的士子们,肯定得出门经商或者游历,因此,古代人不出门则已,一出门就要在外面待上好几个月甚至好几年。这些人,就是我们所说的游子。

游子那么久都不回家,肯定会想念家乡和亲人啊,他们把这种思念之情写成文学作品,就是我们现在所读到的思乡诗文了。比如说马致远写的《天净沙·秋思》:"枯藤老树昏鸦,小桥流水人家,古道西风瘦马,夕阳西下,断肠人在天涯。"游子出门在外,看着枯藤老树这些衰败的景象,再看到小桥旁边炊烟袅袅的人家,不禁想到自己的家乡和亲人。这就是典型的古代游子所写的思乡诗文。

游子思乡的诗文写多了,难免会觉得有点无聊,于是,有些文人便会换个思路,不写自己如何思念家乡,反过来写家里的妻子怎么思念自己。这就出现了思妇诗。

再加上游子出门在外,家里的妻子无法联络到丈夫,每天孤独寂寞,只能天天思念丈夫,为丈夫担心,而中国古代又提倡"女子无才便是德",认为女孩子就不应该学习读书写诗,只应该在家里学习做家务、绣花。在这种思维的引导下,这些思妇们往往不识字,更别说写诗了。因此,中国古代的很多思妇诗,其实都是那些能识字会写诗的男性文人们写的。

比如唐代诗人温庭筠写的《望江南·梳洗罢》:"梳洗罢,独倚望江楼。过尽千帆皆不是,斜晖脉脉水悠悠。肠断白蘋洲。"这诗就是写一位丈夫离家在外的女子,独自在家,靠在窗边向远处眺望,盼着丈夫快快回家。

何以解忧,唯有火锅。

因此,游子思家、思妇怀人,是中国古代诗歌中一个延续了很久的话题,也是许多文人乐此不疲的写作主题。《古诗十九首》中,就有很多这样的诗歌。

我才不是模仿你

思妇

官人,你不要取笑我。我虽然不认得多少字,但你那《古诗十九首》,我还算能读得通,为什么你老是以我的口吻写诗呢?

没有,没有,绝对没有,你肯定是看错了。

东汉文人

思妇

怎么可能没有呢?我昨儿才看到一首名叫《行行重行行》的诗,讲的是男子出门在外,女子独自在家思念丈夫,在写家书的时候,一方面忍不住向丈夫倾诉自己的思念,说:"思君令人老,岁月忽已晚";另一方面又担心丈夫在外受苦,劝丈夫"弃捐勿复道,努力加餐饭",希望丈夫能够保重身体。还有别的比如《青青河畔草》里的"空床难独守"、《冉冉孤生竹》里的"与君为新婚"……这些不都是写思妇怀人的嘛!怎么,你还想蒙我呀?快给我解释解释!

东汉文人

　　的确,十九首,也就只有这几首是写思妇怀人吧,都被你给拎出来了。"思妇怀人",当然只是十九首诗中的一个主题。不过,《古诗十九首》的内容可不只是这些,里面还有写游子思乡的,比如"**涉江采芙蓉,兰泽多芳草。采之欲遗①谁,所思在远道。还顾②望旧乡,长路漫浩浩**"。渡江去采芙蓉,那边的水泽中有许多芳草。我采了这么多花花草草,到底要送给谁呢,我所思念的人,还在遥远的地方啊。回头看着故乡的方向,路是那么长,一点也看不到尽头。

　　也有感慨人世短暂的,比如"**人生天地间,忽如远行客。斗酒相娱乐,聊厚不为薄**"。人生活在天地之间,就像要远行的客人一样。只要有酒,便可以忘忧,哪里还管什么好酒坏酒呢。古代用"薄"来形容酒的味道不好,质量不高;相对的,"厚"就是形容酒醇香有劲道。还有"**人生寄一世,奄忽若飙尘**",也是感慨人生不过百年,若白驹过隙,似尘土飞扬。

---

① 遗:给。
② 顾:回头看。

除了这些,还有表达怨艾朋友的诗作,比如"昔我同门友,高举振六翮①(hé)。不念携手好,弃我如遗迹……良无盘石固,虚名复何益?"这诗表达的是以前那些同门朋友,一个个都展翅高飞。可他们都忘记了当时我们携手并进时的美好时光,就像尘土一样把我丢弃了……世间的一切,都没有顽石那样坚硬,像这虚名,又有什么实在的好处呢?

思妇

听你这样一解释,我才明白,《古诗十九首》并不都是写思妇怀人的诗,还有些其他主题的作品。我实在是错怪你了。为什么你会想到写这个系列的作品呢?

我也是经历了很多的人生坎坷,尝尽了酸甜苦辣,时常感慨人生的艰难。"诗言志,歌咏言"嘛,我就是想通过文字,把我对万事万物的感觉写出来,这样我会舒服一些,比如"斗酒相娱乐,聊厚不为薄""极宴娱心意,戚戚何所迫"。我是觉得人生负重太多,有时需要及时行乐。不过,我也确实受到了乐府诗的影响,这十九首古诗,基本就是从乐府诗中找到感觉而写的,希望大家能喜欢吧。

东汉文人

---

① 翮:鸟的翅膀中的正羽。

世界那么大,人生那么短

我小时候,看到鸟在天上飞、鱼在水中游、猫儿狗儿到处跑、刚出生的小牛犊支棱起四条腿趔趔趄趄地往前晃,真的感觉这个世界好奇妙呀!"小时候"是个特别美丽的时间段,那时,不需要考虑太多,轻轻松松、自由自在。

可是,"年与时驰,意与日去①",时光荏苒,小时候那些美妙的感觉都逐渐消失了,直到我再也看不见那些感觉的影子。这时候,我才意识到,人生不如意的时候太多,离多聚少,甚至可以说,人生本来就是一场梦境。每当想到这些,总是有一种难以言说的悲凉,郁结在心底,浓得根本化不开。心里有郁结,不开心,当然要想法排解,喝酒、唱歌,还有写诗,对,写诗!

写诗实在是一种很美妙的发泄方式,我很享受这个过程。怎么说呢?还是拿《青青陵上柏》这首诗为例:

青青陵上柏,磊磊涧中石。

人生天地间,忽如远行客。

---

① 出自诸葛亮《诫子书》。

特别推荐

斗酒相娱乐，聊厚不为薄。
驱车策①驽马②，游戏宛③与洛④。
洛中何郁郁⑤，冠带自相索。
长衢（qú）罗夹巷，王侯多第宅。
两宫遥相望，双阙⑥百余尺。
极宴娱心意，戚戚何所迫。

坟陵前的松柏郁郁葱葱，水涧中的石头聚集成堆，柏树、石头当然是会长存的。相比之下，人真是像鸿雁的羽毛一样，在这世界上飘摇不定，稍纵即逝，就像远行的旅人一般。

世界真的很大，人生却如此短暂，还有那么多不如意的事情。我真是该好好考虑一下，是不是应该及时行乐了。酒是好东西，把酒言欢对良宵，把那些糟心的事全都抛掉。我驾车驱赶着奔跑的马儿，在宛、洛两地之间游戏。

洛中是多么繁华、热闹，人们来来往往，谈笑自若。长长的街道上，都是贵族王侯家的宅院。

---

① 策：用鞭子打。
② 驽马：跑不快的马。
③ 宛：今河南省南阳市的古称。
④ 洛：今河南省洛阳市的古称。
⑤ 郁郁：（草木）茂密。
⑥ 阙：古代皇宫大门前两边供瞭望的楼，借指帝王的住所。

特别推荐

南宫、北宫伫立,互相可以望见,宫门前的望楼,也高高地耸立着。达官贵人们尽情享乐,却满面愁容,不知被什么胁迫了。

每当看到这些,我的思绪总会飞回小时候,脑海里还是鸟儿、鱼儿、猫儿、狗儿自由自在的样子。既然人生本来就有这么多不如意,为什么不开怀畅饮、珍惜眼前的快乐呢?世界那么大,那么精彩,感受其中的美好,逃离尘世的喧嚣。有一句话,特别契合我的心意,"纵浪大化中,不喜亦不惧",人生苦短,仔细想想,其实也没什么可惧怕的。

在坟地里读书

《古诗十九首》是中国古代诗歌中的瑰宝，被南朝梁代文学家刘勰称为"五言之冠冕"，也就是五言诗中最牛的那些诗。那问题就来了，为什么是古诗十九首，不是古诗二十首、二十一首呢？这十九首诗是谁选的？

《古诗十九首》作为这十九首诗的总标题，其实是从南朝梁代昭明太子萧统所编写的《文选》开始用的。中国古代有不少古诗因为流传得太久，已经找不到作者的名字了，萧统就从这些不知道作者的古诗中选了十九首最优秀的，放进他自己编的一本名叫《文选》的书里，还给它们起了个名字叫《古诗十九首》，这就是我们现在看到的十九首古诗。

萧统是南朝梁武帝的儿子，两岁的时候就被立为太子，可他命不好，才活了三十岁，还没当上皇帝，就去世了，谥号是"昭明"，因此他又被称为昭明太子。

据说萧统刚刚出生的时候，他的右手紧紧地捏成拳头，展不开，连他的亲爹梁武帝都掰不开，这可咋办？好不容易生了个儿子，可不能是个残废啊！于是，梁武帝就贴了一个皇榜，招揽天下名医，承诺谁要是能掰开太子的手，太子就拜他为师。人们一听，这可是大好事啊，就纷纷来试，可是谁也掰不开太子的手，把梁武帝给愁的啊！当时有一个名叫沈约的大文人，闲着没事干，也去试了，谁知道他运气实在太好，捧起太子的手轻轻一掰，太子的小胖手就展开了。梁武帝非常高兴，就让沈约当了太子的老师，专门教太子读书。这个传说是不是真的，暂时还不知道，但是沈约当过太子的老师，这绝对是真的，毕竟，昭明太子还跟着沈约在坟地里读过书呢！这又是怎么回事儿呢？

沈约这个人，不光有才华，还很孝顺，尽管在皇宫里教太子读书，却还是要在每年清明的时候回老家乌镇扫墓。那老师走了，学生可咋办？梁武帝一想，这事儿简单，让太子跟着老师去他家不就行了吗？于是，昭明太子在每年清明的时候都跟着沈约回乌镇扫墓，为此，乌镇还特意给他建了一座书馆。沈约去扫墓，昭明太子就在书馆里看书写作业。就这么着，昭明太子跟着沈约学到了不少知识，成了中国古代有名的大文学家。

七嘴八舌

思妇

唉，你们这些酸腐的念书人呀，别动不动就模仿我们说话。

瞧，我的身体多强壮，千万年以后都还存在！你们人类就不行了，肉体凡胎，顶多活个一百年，也就灰飞烟灭了！

石头

柏　树

我虽然也很能活，却比不上石头老兄。可是，如果有机会变成人，我宁愿不要这样长的寿命。

扫码听乐死人的故事

图书在版编目（CIP）数据

乐死人的文学史. 两汉篇 / 窦昕主编. -- 北京：石油工业出版社，2020.2
　　ISBN 978-7-5183-3796-5

　　Ⅰ. ①乐… Ⅱ. ①窦… Ⅲ. ①中国文学－古代文学史－汉代 Ⅳ. ①I209

中国版本图书馆CIP数据核字(2019)第280756号

乐死人的文学史·两汉篇
窦昕　主编

出版发行：石油工业出版社
　　　　　（北京安定门外安华里2区1号100011）
　　　网址：www.petropub.com
　　编辑部：（010）64523616　64252031
　　图书营销中心：（010）64523731　64523633
经　　销：全国新华书店
印　　刷：北京中石油彩色印刷有限责任公司

2020年2月第1版　2022年2月第9次印刷
710×1000毫米　开本：1/16　印张：13
字数：105千字

定价：38.00元
（如出现印装质量问题，我社图书营销中心负责调换）
版权所有，翻印必究

"点亮大语文文库" 系列图书

这是一套文学必修课本,一套真正的大语文读本

　　语文,包括语言和文字、文学、文化等方面,学校大都把教学的侧重点放在语言的习得上,而本书侧重语文中"文"的属性,以时间为序,以人物为纲,采用"知人论世"的方法,通过讲解与人物相关的时代背景、作者生平,为孩子们呈现文学背后鲜活的文人故事,进而帮助孩子们理解文学作品的内涵。

　　书中还辅以文学创作的新派技巧,帮助孩子们写出富有文采、别开生面的美文。

　　书中内容丰富生动,希望这套书能让孩子爱上语文,做有修养的人。

"点亮大语文文库"系列图书

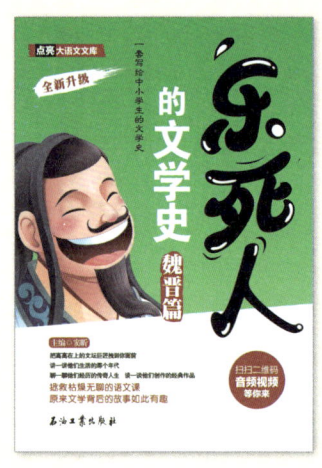
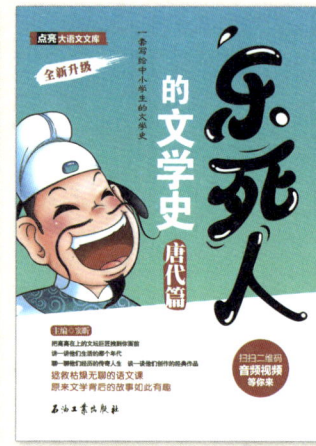
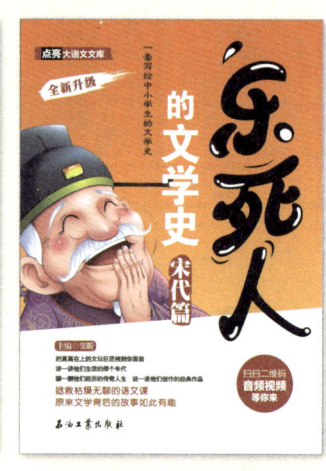
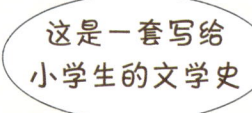
这是一套写给小学生的文学史

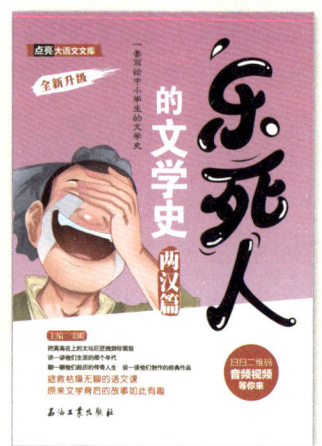

搞笑、新奇、通透,这就是《乐死人的文学史》

　　文学搭配历史,看看历史发展会对文学产生什么样的影响:盛唐气象必然会孕育出李白、王维的洒脱,靖康之耻必然会导致陆游、岳飞的悲壮。

　　知人论世:孟浩然是个胆小鬼,看见皇帝,居然吓得躲到了床底下;辛弃疾文武双全,仅仅带领几十个人就敢闯入几万人的敌军大营……